激情耗尽

All Passion Spent

〔英〕薇塔·萨克维尔-韦斯特 著

张羞 译

中国长安出版传媒有限公司

图书在版编目（CIP）数据

激情耗尽 /（英）薇塔·萨克维尔·韦斯特著；张羞译 . -- 北京：中国长安出版传媒有限公司 , 2025. 7.
ISBN 978-7-5107-1169-5

Ⅰ . I561.45

中国国家版本馆 CIP 数据核字第 20253JV937 号

激情耗尽

〔英〕薇塔·萨克维尔·韦斯特　著

张羞　译

出版发行	中国长安出版传媒有限公司
社　　址	北京市东城区北池子大街 14 号（100006）
网　　址	www.changancbcm.com
邮　　箱	capress@163.com
责任编辑	刘英雪
策　　划	黄　利　万　夏
营销支持	曹莉丽
特约编辑	邓　华　顾忻岳
版权支持	王福娇
装帧设计	紫图图书ZITO
发行电话	（010）55603463
印　　刷	艺堂印刷（天津）有限公司
开　　本	787 mm×1092 mm　32 开
印　　张	7.75
字　　数	149 千字
版　　次	2025 年 7 月第 1 版
印　　次	2025 年 7 月第 1 次印刷
书　　号	ISBN 978-7-5107-1169-5
定　　价	59.90 元

薇塔·萨克维尔－韦斯特
Vita Sackville-West

Her garden, her freedom

她的花园,她的自由

薇塔·萨克维尔-韦斯特
从诺尔庄园到《激情耗尽》

她因性别
失去庄园继承权
却用笔和花重建了
自己的"房间"

> 挚友
> 灵魂伴侣

1922 年,薇塔与伍尔夫在布卢姆茨伯里派(Bloomsbury Group)的聚会上初遇,彼此才华的强烈吸引使他们建立起深厚的情谊。这段关系为她们的创作与生活带来巨大影响,成就了文学史上最富启示性的"灵魂伙伴"典范。

弗吉尼亚·伍尔夫

《薇塔与弗吉尼亚》(Vita & Virginia)剧照

薇塔和伍尔夫的传奇故事,成为后人非常乐于演绎的题材。上图为英国导演钱娅·波顿所执导的传记电影《薇塔与弗吉尼亚》,该影片于 2018 年 9 月 7 日在多伦多国际电影节举行全球首映。

薇塔出身于英国极显赫的萨克维尔家族,自幼在伦敦肯特郡的诺尔庄园长大。

这座自 16 世纪起就一直属于萨克维尔家族的宅邸,位于占地 1000 余英亩的中世纪园林内,是英国最大的 5 座庄园之一。据说庄园内有 365 个房间、52 处楼梯、12 个入口、7 个庭院,分别对应一年的天数、星期数、月数和每周的天数,被称为"日历庄园"。

薇塔深爱诺尔庄园,却因身为女性,无法继承庄园,这成了她的终身遗憾。

失落的庄园

诺尔庄园

> 故事里的归还

首版《奥兰多》中的主角形象,伍尔夫亲自挑选的薇塔照片

伍尔夫深刻体察薇塔内心,以她和诺尔庄园为原型写下《奥兰多》,赞颂跨越性别与时空的自由灵魂。在该书中,主角始终拥有祖屋。

1928年,伍尔夫将用紫色墨水书写的手稿送给薇塔,并说,"在我的故事里,我把诺尔庄园重新还给你"。

伍尔夫的女性平权思想，尤其是其"女性需要经济独立与精神空间"的观点，振奋并疗愈了失去庄园的薇塔。

于是，她在《激情耗尽》中借斯莱恩夫人的角色塑造，回应伍尔夫的思想。

斯莱恩夫人拒绝子女安排、自主选择住所和社交圈，独立处理个人事务——倡导打破阶级与性别壁垒，为女性提供了"赢得自己的房间"的范本。

1933年，薇塔（右）与伍尔夫在蒙克之家（伍尔夫故居）

> 花铲与钢笔
> 的疗愈处方

伍尔夫自母亲突然去世后,饱受心理健康问题困扰。父亲和医生认为阅读和写作对她的神经状况有害,建议她多从事园艺等劳动。因此,伍尔夫花了很多时间在体力劳动上,并向身为园林艺术家的薇塔请教。

但薇塔则认为从事阅读和写作更能安抚伍尔夫的神经,鼓励她不要将自己视作病人,不要荒废自己最热爱的写作。做自己喜欢的事情,才能获得真正的治愈。

薇塔在创作《激情耗尽》的同时，也在营造着宏大到令人难以置信的"房间"。《激情耗尽》出版的前一年，她与丈夫哈罗德·尼尔森买下废墟般的西辛赫斯特农庄，二人亲自动手，对房屋和花园进行翻修，耗时30余年将这片废墟改造成全世界最具影响力的花园之一——西辛赫斯特城堡花园。

而在《激情耗尽》中，薇塔早已写出自己建设西辛赫斯特城堡的内心意愿：像斯莱恩夫人一样，她终将获得按自己的心意布置房间、侍弄花草、重拾画笔的自由，在再简单不过的日常生活中找回真正的自己。

从诺尔到西辛赫斯特：薇塔的"房间"

西辛赫斯特城堡花园

西辛赫斯特城堡花园中的薇塔书房

精神自留地

一直摆有伍尔夫照片的橡木书桌

薇塔失去了先祖的诺尔庄园，获得了自己的西辛赫斯特城堡花园——在这里，她拥有精神的绝对主权。

薇塔的书桌上摆放着各种物品，令人过目难忘的是，书桌右侧始终放着她自 1926 年起珍藏的伍尔夫照片。二位伟大的女性作家仿佛一直在隔空对话，她们说，女性要有自己的房间，要有自己的花园，要有自己的精神世界。

她的花园，她的自由

V. Sackville-West.

目 录 Contents

Chapter 1   3

她已经受够了喧嚣，受够了无休止的争名逐利，
受够了永无可能填满的欲望与野心。

Chapter 2   107

她终于可以静静地躺下，
倚靠死亡，审视自己的一生。

Chapter 3   141

所有的忙碌与喧嚣都已远去，
只剩下静静的等待。

当岁月消磨了激情，剩下的会是什么？

正如诗中预言
这迟来的自由

如同参孙推倒神庙后的第一缕晨光

以这个年长者的故事,
献给年轻的本尼迪克特与奈吉尔。

他的仆人们被赐予
此次重大事件的真实感悟,
伴着安心和慰藉,他们散去,
心境归于平和,激情尽告消逝。

——约翰·弥尔顿《斗士参孙》

Chapter 1

她已经受够了喧嚣,
受够了无休止的争名逐利,
受够了永无可能填满的欲望与野心。

亨利·利尔夫·霍兰德,第一代斯莱恩伯爵,长寿到公众以为他会一直活下去,直至不朽。

总的说来,长寿不仅能给人以慰藉,也具备某种说服力。哪怕经过必要的思虑,人们还是会倾向认为,长寿意味着一个人德行优良。这不难理解,好人长命嘛。至少,命长的人多多少少克服了人类原始的缺陷:生命有期。肉体总归有衰亡之时。要是一个人能从有生之年偷得二十年光阴,便仿佛天生胜人一筹。是的,有时我们用来衡量价值的那个标准,就是这么小。

因此,公众得知斯莱恩伯爵去世后,难掩惊讶与感慨。就在一个温暖的五月早晨,通勤火车上的城里人翻开当天的报纸,看见上面说,斯莱恩勋爵昨天用完晚餐后与世长辞,享年九十四岁。

"心力衰竭罢了。"他们淡淡地说,一副深谙其事的样子,实际不过是在引用报纸上的报道。随即,他们叹了口气,"唉,又一个老家伙走了。"这才是他们内心真实的感受：又一个老家伙走了，生命无常的警钟被再次敲响，太让人心神不宁了。

老霍兰德的生平事迹，连同他骤然离世的消息，被报社悉数收集、记录，浓缩成最后的宣传热潮。它们就像一个实心板球，狠狠掷向公众的面庞。

他那"辉煌的学院生涯"自不必提，年纪轻轻就跻身内阁，却着实令人瞠目。之后，他一路登顶，被册封为斯莱恩伯爵，嘉德勋章、大十字勋章、印度之星勋章、大司令勋章等，恐怕连他自己都数不过来的荣耀，如同一根耀眼的彗尾拖在他身后。然而，仅仅一顿晚餐的时间，他便颓然瘫倒在椅子上。这九十余年累积的荣誉，就这么黯然地淡出了历史。

时代似乎向前跳跃了一小步。老霍兰德再也不能伸出双臂阻挡它滚滚前行的车轮。过去十五年来，他已极少参与公共事务，不过余威尚存。他偶尔会用自己那让人无法拒绝的温雅、无可辩驳的常识，在议会上极尽雄辩之能，嘲讽那些极端派同僚，使他们感到不安，羞于自己的愚蠢。然而，这一套并无多大的实际效果。老霍兰德自然深谙精简之道，因此鲜少发表这类言辞。不过，正因此种表态的稀缺性，反而令它们获得极好的效果。因为他毕竟是人们心中的一位传奇人物，无论他发表何种偏激言论，都是以他的经验作为后盾的。试想一下，当这位八九十岁的长者重新振作，阔步走进威斯敏斯特的议会大厅，以他那一贯无可匹敌的姿态，以一贯既审慎清醒，又不乏冷嘲热讽的言辞风格辩论。那毫无疑问，媒体和公众定会涌向他，洗耳恭听。要知道，从来没有人当真攻击过老霍兰德，也从来没有谁谴责他是一个过时的人。他的幽默、魅力、从容与决策力，使得他在各代人乃至所有党派眼中成为圣人般鹤立鸡群的存在——在那些政治家和政客中，也许唯有他配得上此赞誉。这也许是因为他似乎了解世间的方方面面，但始终与寻常俗世保持距离。他那所谓超然的美德，众人皆知。他从未招来无端的憎恶和怀疑——这些情绪通常会被赠予那些刻板的权威行家，但绝不会施加在老霍兰德——斯莱恩勋爵身上。他是享乐主义者、人文主义者、运动健将、哲学家、学者，兼具魅力与智慧；他是少数天生就拥有真正成熟心智的英国人之一。面对任何实际议题，他总是假意推托、怠于处理。这种态度让他的同僚和下属们时而欣喜，时而恼怒。谁都知道，根本不可能从这个老家伙嘴里撬出一个明确的答复。事情越要紧，他处理得越显轻率。"已阅"，他随手一批，并把两条截然相反的政策的优势，写在备忘录的末尾。部下们看后，只能无奈地手捂眉头，既焦虑万分，又不得发狂。他们总说，身为一个政治家，老霍兰德的缺陷在于他总想着兼顾事情的每一个细节。然而，虽然他们常常恼怒地说起他的面面俱到，但不会因此否定老霍兰德。他们清楚得很，一旦老霍兰德被逼到绝境，他必定会回以犀利而致命的反击，远胜那些自以为十分重要，实则只会坐在办公桌前装模作样的官僚。

对老霍兰德来说，一份议案根本用不着像其他人那样费时通读，他只需扫一眼，就能迅速抓住报告的核心和要害。面对那群盲目自信、肤浅可笑的随行记者，他总会以一贯极其谦和的举止，彻底击溃他们。这就是老霍兰德，始终以客客气气的老派绅士风度示人，却总能让一众竞争对手无处用力、自行败退。

斯莱恩勋爵——老霍兰德，不仅公众喜爱他的气质或者说癖好，在那些讽刺漫画家眼中，他也同样深受青睐。他的形象往往被这样描绘：总是穿着一双黑色缎面长筒袜，眼镜挂在一条极宽大的绶带上，西装马甲的纽扣必须是珊瑚制品，甚至即便那会儿汽车已成时尚，他依然坚持用私人二轮小马车——且不论坊间传说的虚实，但正是这一切，支撑起了他独特的形象。而当他在八十五岁之际，在德比赛马中一举夺魁后，几乎无人比他更受欢迎。只有他的妻子会质疑，认为他的所谓成就也好，气质也罢，不过是沾了既定政策的光。她是那种天性坦荡、最不愿猜忌的人。然而与亨利·霍兰德共结连理七十个年头后，她也学会了给自己披上一层愤世嫉俗的面纱。"可敬的老头，"地铁上的城里人说，"唉，他就这样走了。"

他真的走了，再也不会回来了。亨利·霍兰德躺在埃尔姆帕克庄园床上，他的遗孀，勋爵夫人低头凝视着他。百叶窗并没有放下，老霍兰德曾再三强调，他去世时，房间必须保持明亮，绝不能昏暗无光。毫无疑问，即使在他死后，也不会有谁想违背他的命令。他静躺在那里，阳光照在身上，仿佛一尊雕像，连请雕刻匠的麻烦都免了。他最喜欢的曾孙，那个被宠坏了的家伙，常常戏谑地说，即使他去世了，也是一具英俊的尸体。现在，玩笑成真，这句不着调的戏谑竟成了现实。老霍兰德那副面孔生来肃穆，活着时就能让人料到他死后不变的崇高与尊严：他鼻梁高挺、下巴外倾、额角轮廓分明，骨骼因肌肉轻微的沉陷更显突出；紧抿着的嘴唇更显坚毅，封存着一辈子的智慧。最重要的是，老霍兰德在死后依旧保持着生前的庄严。尽管这会儿他全身蒙着白布，人们还是一眼能看出他一如从前的风范："瞧瞧，这里躺着一个衣着考究的上等人呢。"

尽管死亡令人生畏，但它让事物显露出本来的面貌：那副标准贵族式的面孔，终究在死后失去了一丝高贵；那原本将冷嘲热讽伪装为幽默的嘴唇已经干瘪；那精心藏匿的野心，此时彻底暴露在鼻翼傲慢的弧度中；那利用迷人举止伪装起来的冷酷，仍凝固在那儿，却失去了微笑的保护。老霍兰德勋爵依旧英俊，却不再讨人喜欢。他的遗孀独自待在房间里注视着他。儿女们如果能读懂她的心思，准会对她满脑子的想法感到震惊。

然而，她的孩子们不在那里看着她。六个儿女都聚在客厅；外加两个媳妇、一个女婿，总共九个人。这样的家庭聚会足以让人感到可怕，像一群又黑又老的乌鸦聚集在一起。伊迪丝心想。她年纪最小，说话总是慌里慌张。她总是试图把一件事情用一个单词、一个短语就全部表达出来。就像往一把壶里倒水，大量的明指、暗喻却总是溢出来，溅得到处都是，然后蒸发。她在语意散溢出来之后试图重新抓住，如同把水握在手里一样不可能。也许她随身带着纸和笔会好些——只不过那样一来，当她急于找一个恰当的词时，思绪反倒可能更乱；这也确实古怪：一个人一边翻着笔记，一边说话，是在速记吗？一个人在说话时可不能让自己的思绪这样发散，必须约束自己的思想，把注意力集中在当前的事情上，就像那群乌鸦般的人毫不费力就能做到的那样。不过，可以肯定的是，要是一个人到了六十岁，还学不会这一课，那就永远也不可能学会了。

伊迪丝想，这场可怕的家庭聚会还是来了。他们分成了几群：赫伯特、嘉莉、查尔斯、威廉和凯；梅布尔、拉维尼娅；罗兰。霍兰德家的子女自成一群，然后是二位嫂子，最后一个是姐夫罗兰。之后他们又分为不同的组别：赫伯特搭档梅布尔，嘉莉和罗兰一组，查尔斯单独一人，威廉和拉维尼娅，最后是凯，凯总是独自一人。他们极少全聚在一起，如今倒是一个不差，伊迪丝想，真是奇怪，这一次，死神竟成了召集者，所有生者仓促聚到一起，仿佛是为了寻求庇护和相互支持。我的天，我们都多大了，伊迪丝想。赫伯特得有六十八岁了，而我是六十岁整；父亲九十多岁，母亲也有八十八岁了。伊迪丝正算着他们的总岁数，冷不丁抬头问道："你几岁了，拉维尼娅？"这一下他们都愣住了，瞪眼望着伊迪丝，满是责备。但这就是伊迪丝，她从不留意别人在说什么，然后总会突然间跳出来，扯一两句在旁人看来不相干的话。伊迪丝本想告诉他们，她这一生都在努力表达自己的思想，可惜从未成功。她一向这样，说出口的话总是与她想说的正好相反。她对此感到恐惧。她害怕总有一天，自己会不经意间误用某一个不雅的词。"父亲死了，这难道不痛快吗？"也许就这么随口而出，而不是"难道这不可怕吗"？当然，不排除出现更糟的情况，那就是她误用了一个真正糟透了的词，那种在地下通道的白墙上常能见到，像是屠夫的儿子潦草涂写的污秽的词。那种哪怕对一个厨子讲，也只能含糊其词的字眼。这可真是一件令人讨厌的差事啊，一件不仅落在埃尔姆帕克庄园的伊迪丝身上，也落在伦敦各地上千名伊迪丝身上的苦差。但她的家人对此一无所知。

他们似乎在伊迪丝的窘迫中得到了某种满足。伊迪丝脸色煞红，双手神经质似的拨弄着几缕灰发，这一手部动作说明她没再说话。让伊迪丝这样狼狈之后，他们又继续先前的交谈，语调保持着相当适宜的低沉与悲伤。就连平常急躁的赫伯特和嘉莉，这会儿也压低了嗓门。他们知道，父亲就躺在楼上，由母亲独自陪着。

"母亲真了不起。"

伊迪丝心想，他们一遍又一遍地重复着，"母亲真了不起"这句话，语气中充满了惊讶，就好像他们料想中的母亲，此刻应当抱怨、咆哮，甚至大声尖叫，彻底迷失而放弃自我。伊迪丝清楚他们这一套。她听见过这几个兄妹在私下里调侃母亲是一个头脑单纯的人，这无异于在说母亲是一个傻瓜。时不时地，伊迪丝自己也讲些胡话，一些与常识相悖的言论。她对这个世界一向没有把握。她一冲动，就会说出那种话。虽然用的也是英语，但和用外星语说出也没什么差别，当然也就无甚意义。但再怎么样，他们——这群乌鸦一样的人怎么可以如此谈论母亲呢？！当他们聚在一起，总会委婉地提及——母亲是个低能儿。母亲仿佛成了一个保留节目，成为儿女以苦乐参半的口吻去说的家庭玩笑。可这会儿，在这种非常时刻，他们又发现了一个新说法：母亲真了不起。这是他们本该说的话，所以他们一遍又一遍地重复，就像周期性介入他们交谈的一个副歌，促使谈话不断向更高的层次推进，然后缓缓削弱、回落，重新返回到现实问题的轨道上来。是的，母亲很了不起，那接下来该怎么安置母亲呢？很显然，她不可能在有生之年一直如此，无论如何，总得找个地方，以某种方式允许她宣泄一次,哪怕是崩溃痛哭。待一切尘埃落定,他们再找个地方将她安顿妥当、仔细照料。要知道此时,就在外面的街道上,海报上"斯莱恩勋爵仙逝"的字眼格外醒目。记者们在舰队街上跑来跑去收集新闻素材。他们可能已经扑向那座鸽子洞式令人毛骨悚然的骨灰堂——在那里,讣告已准备就绪。他们甚至会互相打探消息:"我说,老斯莱恩真的总是随身带着铜板吗?他穿的确实是生胶鞋?他是不是总把面包浸泡在咖啡里?"只要他们能编出一个漂亮段落,任何消息都会被搜集。而报童们同样忙碌,他们把红色的送报车丢靠在路边,按响门铃,送来那些棕色的吊唁函——它们来自世界各地,包括大英帝国每个角落,尤其是斯莱恩勋爵任职过的那些地方。花店也不停地送来花圈——狭窄的大厅里早已堆满了——"这么急切,实在不成体统。"赫伯特一边说着,一边透过那副单片眼镜盯着附带的卡片细看。老朋友们自然也会来拜访:"赫伯特——唉,这太突然了——当然,我没敢期望见上您亲爱的母亲一面。"但显然他们早就料到希望渺茫,赫伯特指定会不失妥当地打发他们:"你知道,这会儿,家母自当是极为沮丧的;我必须说,她真了不起;但我相信,此时你一定可以谅解,除了我们自家人,她谁都不想见。"就这样，他们紧紧握住赫伯特的手，赫伯特最多送他们到台阶处，客人纷纷告辞了。记者们在人行道上四处闲逛，脖子上的相机像黑色的手风琴一样晃来晃去。诸如这一切，都在房子外面发生，而在房子里、在楼上，母亲正守着父亲，而她的未来安置问题，像一朵巨大的愁云，笼罩在儿女们身上。

当然，母亲不会质疑儿女们的安排是否明智。母亲没有独立的主张，她一生和蔼而优雅且完全顺从，如同一件附属品。大家认为，母亲缺乏足够的智慧自做决断。"感谢上天，母亲并非那种聪慧的女人。"赫伯特有时这样评价道。也许母亲偶尔会有一点儿想法，但从未被纳入儿女们的评估范畴。他们不曾想到母亲会给他们添些烦恼，在多年后转身捉弄他们一下——玩几个小把戏——多年来，母亲只是他们中一个翩翩起舞的、可爱的存在。她不是一个聪明的女人，她将会感激儿女们为她安排的所剩无几的余生。

他们站在客厅里，不自在地来回换脚以调整重心，却从未想过坐下来。他们认为坐下来有失礼仪。尽管他们素来理性，但预料中的死亡，仍让他们稍有不安。空气中弥漫着一种充满忧虑的凝重气息，好似他们即将踏上未知的旅程，生活会受到严重干扰。伊迪丝很想坐下来，但又不敢。这一家子，她想，个个都是大块头，穿着黑漆漆的衣服，上了年纪，又都带了一帮孙子、孙女。伊迪丝想，真幸运，我们都习惯穿一身黑，都用不着领取丧服了。想想看，要是嘉莉来时穿着一件粉红色长裙，那该有多可怕。不过现在，他们一身黑衣，像一群聚集的乌鸦。嘉莉的黑手套、围巾和包包一起放在写字台上。霍兰德家的女士们向来着装标准，此时她们仍然披长围巾，穿着过马路时必须提拎起的高领长裙。她们认为，任何对时尚的妥协都与她们的年龄不相称。伊迪丝钦佩嘉莉这个姐姐——伊迪丝不爱她，反而有些害怕，但她非常钦佩、羡慕她。嘉莉继承了父亲的鹰钩鼻，以及那威严的气质；她身材高挑、皮肤白皙、举止优雅。赫伯特、查尔斯和威廉一样，都高大魁梧、气质出众。只有凯和伊迪丝是两个"矮胖墩"。伊迪丝又开始胡思乱想了：凯和我指不定属于哪一家。凯是一个胖乎乎的小老头，有一对明亮的蓝眼睛，留着整洁的白胡须。在这一点上，他与那几个兄弟大相径庭，他们无一不将胡须刮得干干净净。样貌真是一件奇怪且不公平的事情，伊迪丝想，它支配了人们对一个人一生的判断。如果一个人看起来微不足道，他就会被视为无用。然而，除非一个人罪有应得，否则，他不太可能看上去那么微不足道。这似乎是一个有点儿道理的怪论，但与凯无关，他似乎非常幸福。他从不忧虑人生意义，也不牵挂任何事情。他的那个单身公寓，那些指南针、星盘之类的收藏品，已让他相当满足，这些比是否拥有公众的尊重、是否拥有一位贤妻，或一种更私人化的生活更让他满意——因为，对于地球仪、圆规、星盘和所有这类仪器来说，他是最权威的在世专家。凯真幸运，伊迪丝想，他能如此心安，全神贯注于一个小小领域。（不过，这些稀奇的物品，搜集者却是一个从没爱过大海，也从不爬山的人。对凯来说，它们只是些归好类、逐个打上标签的收藏品。但对伊迪丝这样一个真正的浪漫派来说，她能在这些小小的铜管和桃花心木中，在错综复杂的枢轴、万向节、圆盘和线圈中，在几内亚金色的黄铜和胡桃棕色的木头中，以及在黄道十二宫和跃出海洋的海豚标志中，看到一个巨大的黑暗世界将要升起。地图上除了危险和不确定地带，什么都没有标明，衣衫褴褛的男人嚼弹止渴。）"然后，收入也是一个问题。"威廉说。

把母亲的未来和收入问题混为一谈，这真是威廉的典型做法。那是因为，对威廉和拉维尼娅而言，节俭——不，或许说是吝啬更准确些——吝啬本身就是一种事业。即便是一只从树上掉落的、早熟的、擦破了点儿皮的苹果，他们也会立即把它做成水果布丁，免得浪费了。在威廉和拉维尼娅的生活中，浪费就像一只挥之不去的幽灵，始终盘旋在他们心头。为了节省火柴，他们会把旧报纸卷成灯捻儿。无论如何，只要能从废物中抠出点儿什么价值来，他们便满怀激情。在把灌木篱笆上的黑莓一颗一颗装进瓶罐之前，拉维尼娅会焦虑不已。夫妻俩住在戈达尔明镇，守着那两英亩土地。每个夜晚，他们都陷入一种既痛苦又快乐的矛盾之中，他们算计着能否用剩菜、剩饭来喂大一头猪，十几只母鸡下的蛋是否能抵清饲料费。那些饲料可是自家产的谷子呢。嗯，伊迪丝想，像这样持续而专注的生活，他们一定觉得趣味盎然。但现在要是让他们数数婚后耗费的金钱，他们一定会感到痛苦。让我算算，伊迪丝想，威廉排行老四，因此他一定有六十四岁了，他们结婚少说有三十年。所以，要是他们每年花一千五百英镑——包括孩子们的教育和其他杂七杂八的费用——总共是四万五千英镑。那可是一袋袋的真金白银，如同潜水员在托伯莫里港水下到处寻找的那些沉积的宝藏。这会儿，赫伯特正说着些什么。赫伯特总是能提供信息，仿佛一个小道消息专家。这事儿着实让人惊讶，赫伯特看起来十分笨拙，消息却相当灵通。

"让我来说，我可以为你们解惑。"赫伯特把两根手指伸进衣领，稍做调整，接着翘起下巴，清了清嗓子，瞪眼看了一圈这一家人之后说道，"我可以告诉你们一切。我和父亲就此事早已有过私下商榷——父亲信任我这个大儿子，对我坦诚相待。嗯哼，如你们所知，父亲并不是一个有钱人。他一去世，大部分收入也就断了。母亲能继承的，每年仅有五百英镑。当然，这是税后金额。"

赫伯特的话不会有错，一家人开始消化这一事实。威廉和拉维尼娅相互瞥了一眼。看得出，在算计这种事情上，没有人比他们的心思更活络。而伊迪丝，众人私下里常常认为她是一个傻瓜，但她有时出奇地精明——她总能透过别人的话，快速摸清他们的动机，并坦率地陈述起她那一套推论。她不知道这种坦率只会引起尴尬，而不是所谓周全。她现在很清楚威廉接下来想要说什么。好在这一次，伊迪丝算是管住了嘴巴，沉默不语。不过当她听到威廉接下来说的，她还是忍不住暗自发笑。

"我猜想，"威廉说，"在你们的私人谈话中，父亲刚好没有提及那些珠宝，是不是，赫伯特？"

"他提到了。正如你们所知,就父亲的资产来说,珠宝还算值点儿钱。那是他的私产,他认为悉数留给母亲是最合适的。"赫伯特说。

这对赫伯特和梅布尔来说是一次不小的打击,伊迪丝猜想,他们原本指望父亲能把那些珠宝像传家宝一样留给赫伯特,毕竟赫伯特是长子,这一切合情合理。然而,伊迪丝瞥了梅布尔一眼,察觉她并没有任何惊讶之情,便随即意识到,赫伯特已将父亲的遗言告诉了妻子。伊迪丝心想,梅布尔还算很幸运,赫伯特没有因为未能继承财产、两手空空而向她发泄怨气。

"既然如此,"威廉开口道,他迫切地希望事情有一个定论——尽管他和拉维尼娅一直盼着能分到一点儿珠宝,但想到赫伯特和梅布尔那副丧气相,他觉得稍微舒坦了些——"既然如此,想必母亲会变卖它们折现。这完全可行,她不至于让这一大堆无用的东西烂在银行里吧。依我看,要是处理得当,怎么也能卖到五千,不,七千英镑。"

"不过,"赫伯特接着说,"比起这些珠宝或收入问题,更要紧的是母亲的去留。她可没法一个人独自待着。无论如何,她确实负担不起这所房子,这房子必须卖掉。那么，她能去哪儿呢？"赫伯特又扫了大家一眼，"毋庸置疑，照顾母亲是我们的责任。她必须被安置在我们某个人的家中。"他说这话的语气，仿佛这是一场早已准备好了的演讲。

伊迪丝想，这些老家伙正煞有介事地安排一个更年迈的老人呢！不过，这似乎不可避免。母亲会将一年的时间分成几份：先去赫伯特和梅布尔家住三个月，再去嘉莉和罗兰那儿住三个月，接着查尔斯也得赡养她三个月，随后就去威廉和拉维尼娅家。那么，我和凯呢，没我们的事儿了？伊迪丝再一次从思绪中跳脱出来，忽然冒出一句措辞失当的话："但我肯定应该分担主要的负担——我一直待在家里——还没结婚。"

"负担？"嘉莉转头看向她，伊迪丝一下子愣住了，"什么负担？我亲爱的伊迪丝！谁说这是负担？我敢肯定，我们都会把照料母亲作为一种快乐、一种荣幸。我们各自都会尽力，陪她度过余生悲伤而暗淡的岁月。因为她赖以生存的唯一支柱，我们的父亲去世了。伊迪丝，我想，照顾母亲怎么也不该叫负担吧。"

确实不是。伊迪丝顺从地表示同意。她这会儿唯唯诺诺，知道刚刚又搞砸了。她重复了几遍这个单词，没有了惯用小短语的支撑搭配，这个词听上去就有一种怪异而粗鄙的质感，就像"一干"不加"二净"，"装腔"却没"作势"，"乱七"掉了"八糟"，简直成了一个粗鲁的撒克逊蛮词，类似硬要把"板蓝根"和"蓝"拼在一起，或非要把"会议"和"贤人"联系起来。"负担"这种说法实在不够客气，它到底指什么，首当其冲？不管怎样，她不该用这个词。"无论如何，"伊迪丝说，"我想，我应该和母亲住在一起。"

伊迪丝看了看凯，凯的脸色缓和下来，仿佛松了一口气。显然，他一直惦记着自己那间舒适的小公寓和珍贵的收藏。赫伯特的声音像极了冲锋号，不停地威胁他的耶利哥城墙的安全。其他人则在考虑伊迪丝的提议，觉得这完全可行，由未婚的女儿来照顾母亲显然是个不错的选择。不过老霍兰德家族的人并不是那种逃避责任的人。使命越是让人厌烦，他们越不会回避。他们鲜少考虑个人的快乐，责任感始终伴随着他们，总是那么严肃甚至冷酷地压在他们心头。他们遗传了父亲的那股劲头，论起鸡毛蒜皮的小事儿往往过于苛求。嘉莉为家人说起话来，她人很好，但就像很多好人一样，她总能使大家为此争吵起来。

"伊迪丝说得在理。"嘉莉说，"她一直在家住，所以对她来说，这种变化就不会太大。当然了，我也知道她时常想着要独立，可以有一个自己的家。亲爱的伊迪丝，"她接着说，带着一丝浅淡的微笑，"我认为这很正常。只要能帮上父母的忙，她就不会离开他们去自立门户。然而，现在跟以前不同了，我觉得我们都应当担起自己的责任。我们绝不能利用伊迪丝或母亲的无私。我确信我也在为你说话，赫伯特；还有你，威廉。相比找一个新住处，让母亲轮流到我们各家生活会更好。"

"所言极是，"赫伯特赞许道，他又调整了一下衣领，"确实如此，确实如此。"

威廉和拉维尼娅再次交换了眼神。

"当然，"轮到威廉说了，"尽管我们收入微薄，但拉维尼娅和我还是很欢迎母亲的。与此同时，我认为也须做些财务上的安排，让母亲住得更加满意，免于尴尬。也许，一周两英镑，或者三十五先令……"

"我完全赞成威廉，"查尔斯出人意料地抢着说，"就拿我的情况来说，退伍将领的养老金少得离谱。但凡家里多一个人，我就有些吃不消了。你们是知道的，我就一套小公寓，生活非常俭朴，没有多余的卧室。当然，我迫切希望有朝一日退休金问题得到调整，我已经为此提交给英国陆军部一份长函，也给《泰晤士报》去了信，毫无疑问，他们将信搁置起来了，也许是在等什么合适的时机，毕竟这会儿他们还没有刊印出来。不过，坦白说，在当下这届无能英国政府的统治下，我实在看不到有一丁点儿改革的希望。"查尔斯哼了一声，他觉得刚刚这番话不失为一次精彩的发言，于是环顾家人们寻求认可。查尔斯·霍兰德爵士可不是平白无故就升为了将军。

"那这事儿可就难……"新晋的斯莱恩伯爵夫人梅布尔开口道。

"给我闭嘴，梅布尔！"赫伯特说。他常常这么和妻子说话，可怜的梅布尔，她说不上四五个字就会被打断。"这纯粹是家务事儿，各位。再怎么说，在父亲的葬礼之前，我们不该过多讨论这件事儿。我不知道这个令人不快的话题是怎么冒出来的（这是威廉的功劳，伊迪丝心想）。在此期间，我们应该先考虑母亲的感受，做些什么让她不那么悲伤……可别忘了，她的生活已经支离破碎。父亲是她的一切，她为他而活。要是这会儿，我们不管她，让她孤零零一个人，定会受到无尽的谴责。"

哈，是这样。伊迪丝想，人们会怎么看呢？看上去，这一家子既想获得好的风评，又觊觎他们可怜的母亲的钱财。争吧，吵吧——她之前就已经尝过一家人争执不休的滋味。他们准会为母亲的事情闹上几个星期，像几只狗为一根老得快啃不动的骨头相互撕咬。这一家子，只有凯会尽量置身事外。而威廉和拉维尼娅是最恶劣的一对：想必他们会邀请母亲同住，但又把母亲当作一个付钱的客人，然后在亲朋投来赞许的目光时嗤之以鼻。嘉莉则会摆出一副殉道者的架势。伊迪丝想，这就是人死后家中难免会发生的事情。她发现，在这思绪的暗流之下，还有另一道暗流在涌动，这关乎她自己是否能够独立生活。她仿佛看到了一间自己的小小公寓，那里有一间让人心情愉快的起居室、一个仆人、一把钥匙。夜晚，她独自坐在炉火旁，翻一本书。她不用再替父亲去回复那些信函，不用在那种开放式病房陪伴母亲，不用再去管那家庭账簿，再也不用搀着父亲到公园散步。她终于可以养一只金丝雀了，伊迪丝想。她怎么会不希望赫伯特、嘉莉、查尔斯和威廉把母亲接到他们自己家里照顾呢？尽管伊迪丝对他们的喋喋不休感到腻烦，但她得承认，自己也高尚不到哪里去。

伊迪丝不想留在这所古怪的庄园，怕独自面对活着的母亲和已经死去的父亲。她无法接受这种恐惧，尽其所能地拖延这群兄弟姐妹离去的时间。她想有人陪伴，哪怕是她一向厌烦的嘉莉和赫伯特，还有查尔斯和威廉那两个可鄙的家伙。她编造各种借口来挽留他们，害怕他们几个人一旦走出那个前门，就会一去不返。即便是凯在，也比人去楼空要强。但凯在她眼皮底下最先溜走。伊迪丝慌忙跟上去，来到楼梯平台；凯想看看谁在跟着，转过身，胡须白而整洁，安逸的小肚腩上方是一条悬垂的表链。

"你要走了吗，凯？"

凯被惹恼了，他以为伊迪丝语气中带着责备，但完全没察觉到，那其实是一种恳求。凯还有点儿恼羞成怒，因为在这个节骨眼上，他打算去赶赴一个约会。他应该留下来，在埃尔姆帕克庄园吃晚餐吗？不，还是算了，他借口尽量别给仆人们添额外的麻烦，以抚慰自己的良心。所以，当伊迪丝追上他时，他转过身来，尽量克制着那份烦闷情绪。

"你要走了吗，凯？"

凯要走了，他得去赴约吃晚餐。"如果你觉得合适，我可以晚点儿再回来。"凯补充说。凯虽然任性，但也懦弱，急于尽全力避免不快。幸好伊迪丝也有些懦弱，立刻收回了刚才追随凯时想要表达的责备或恳求的情绪。"哦，不，凯，当然不用。你不用急着回来，我会照顾妈妈的。明天……明天早上你会来吗？"

"当然会来。"凯如释重负地说，"我明天早上来，一早就来"。他们互吻脸颊，好多年没有这样了。这也许是死亡带来的一种神奇影响：年老的兄妹互啄脸颊，由于动作生疏，他们的鼻子很是碍事。吻毕，他们抬头望向那昏暗的楼梯口，他们的父亲就躺在那层楼上。一阵尴尬突然袭来，凯匆忙跑下楼梯来到街上，感觉终于松了口气。五月的一个傍晚，一切如常的伦敦街头，出租车穿行在国王大道上。菲茨乔治正在俱乐部等他呢，不能让老菲茨久等。他不打算乘公共汽车了，拦一辆出租车吧。

菲茨乔治是凯最年长，事实上也是唯一的朋友。二人有二十多岁的年龄差，不过人一过六十，这种差异也就淡化了。这二位老绅士有着许多相同的品味。他们都是狂热的收藏爱好者，唯一区别无非财力上的差距。菲茨乔治非常富有，是个百万富翁。而凯就相形见绌了——即使父亲曾任印度总督，但霍兰德家的人都不富有。菲茨乔治可以买到他喜欢的任何东西，但有些怪癖——他像穷人一样住在伯纳德街的一个阁楼上，阁楼只有两个房间；只喜欢亲自发现，讨价还价后获得的艺术品。凭借他非凡的艺术直觉和还价能力，他以很小的代价积累了大量杂七杂八的收藏，有些收藏甚至令大英博物馆、南肯辛顿博物馆垂涎不已。他曾在托特纳姆法院路的大型家具店地下室，意想不到地发现了多纳泰罗的雕塑（菲茨乔治激动无比，凯·霍兰德羡慕到有些嫉妒，但更多的是钦佩）。没人知道他最后会如何处理自己的一大堆家当。也许他会把它们通通遗赠给凯·霍兰德，也极有可能在罗素广场点一把火烧了。他似乎没有后代继承者，也没人知道他的祖先是谁。与此同时，他牢牢守着这堆宝藏。很少有人被获准去拜访他，少数几个人有幸到过他那两个房间，也只得片刻停留。他们都说，老菲茨将明代画像卷在袜子中，他的浴室里堆放着达·芬奇的画作，椅子上摆放着埃兰人的古陶器。当然，在拜访期间，大家只能找地方站着，因为根本没有空椅子可坐；此外，老菲茨必须先把玉碗一个个清洗干净，然后亲自用煤气烧些水，勉强给客人泡些廉价的茶，谁都看得出他是多么不情愿。有幸再次被邀请的只有那些拒绝喝茶的人。

几乎每个人都认得他。当他戴着方帽，穿着老式礼服晃进佳士得拍卖行时，大家会说："瞧瞧，老菲茨来了。"无论冬夏，他的装扮从未改变。他总是戴着那顶方帽，套着那一件老式双排扣长礼服，腋下通常还夹着一个包裹。没人知道包裹里的东西是什么，可能是一只德累斯顿陶瓷杯，也可能是一条老菲茨当作晚餐的腌鱼。伦敦人都觉得他很亲切，认为他是一个真正的怪人。不过没有人敢当他面叫他"菲茨"（这个词含有"……的儿子"的意思），即便是凯·霍兰德也不会。尽管当他经过时，人们会油腔滑调地调侃"瞧瞧，老菲茨来了"。据说，一生中最令老菲茨快乐的事情是克兰里卡德勋爵的去世。那天，老菲茨走过圣詹姆斯街，大衣纽扣孔里别着一枝鲜花。那些坐在俱乐部窗边的绅士们都知道个中缘由。

菲茨乔治和凯·霍兰德已经认识三十多年，但始终谈不上是至交。他们一起吃饭时——这在布德尔俱乐部或茅草屋俱乐部是很常见的场景——都各付各的，喝的也只是大麦水。他们会像恋人甜蜜互诉一样，滔滔不绝地谈论着藏品价格和目录。但除此之外，他们对彼此几乎一无所知。菲茨乔治先生当然知道凯是老斯莱恩的儿子，但对凯来说，菲茨乔治先生的家世出身一直是个谜。人们甚至怀疑，可能连菲茨本人也搞不清楚，毕竟他名字中这个前缀仿佛有所暗示。当然，凯从未问过这些问题，也并不对此感到好奇。他们之间有一种近乎完美的疏离。这就解释了为什么菲茨乔治先生在等凯时感到不安——他意识到自己应该对霍兰德家的丧亲之痛做些表示，理应对凯表示慰问，但又想回避，因为不想打破二人之间的默契。他有点儿生气，凯刚失去了父亲，还不取消约会，这实在不太合适。然而，菲茨乔治先生非常清楚，取消约会于他而言是不容原谅的行为。他现在就非常恼火，一边敲着布德尔俱乐部的窗玻璃，一边等待凯的到来。他想，自己必须说点儿什么。他最好马上说，赶紧说完了事。凯肯定不会迟到吧，三十年来，凯从未迟到过，也从未失约。菲茨乔治先生从口袋里掏出那块价值五先令的超大镀银怀表，看了看时间，八点十七分。他抬头看了一眼不远处圣詹姆斯宫的墙钟，凯迟到了整整两分钟！不过，他看见凯正从出租车上下来。

"晚上好。"凯走进房间说。

"晚上好，"菲茨乔治先生说，"你迟到了。"

"是啊，多担待，"凯说，"我们这就开始晚餐，好吗？"

用餐时，他们谈起了那一对塞弗勒瓷碗。菲茨乔治先生说那是他在富勒姆路淘来的。恰好凯曾见过这对碗，不过他认为它们是假的，平日，这种分歧会引发二位老绅士乐此不疲的讨论。但今晚，菲茨乔治先生没什么兴致。他想说的慰问的话还没说出口，而现在凯每多说一句话，都在加深这种尴尬，使他更不好开口。他对凯的不满愈加强烈。他们一起吃过无数次晚餐，而这无疑是失败的第一次。这种失望让菲茨乔治先生反思，是不是所谓友谊就是一种错误？他此刻十分后悔跟凯扯上关系，怎么让凯卷进了自己的生活呢？他素来和其他人保持距离，这是非常值得称赞的准则，如果产生例外就会酿成错误，巨大的错误。他皱着眉头，看向凯。凯一边喝着那杯大麦水，一边小心擦拭着自己那绺整洁的小胡子。菲茨乔治完全没察觉，一股敌意正从自己的内心升起。

"你来一杯咖啡吗？"菲茨乔治先生问。

"我想是的——好的，就咖啡吧。"

可怜的老伙计，凯看起来是真累了，菲茨乔治先生突然发现，凯不像往常那么整洁，整个人都有点儿有气无力，说句话也得费老大劲儿。"要不，你来杯白兰地？"他问。

凯抬起头来，有些惊讶。要知道他们从未一起喝过白兰地。

"我不用了，谢谢。"凯说。

"你来一杯吧。服务员,给霍兰德先生上一杯白兰地。记我的账上。"

"我真的……"凯说。

"你别推辞了。服务员,上最好的白兰地,一八四〇年的。霍兰德,你还在摇篮里时,我就见过你。当时,一八四〇年的白兰地不过三十年的历史。所以,喝吧,不必大惊小怪。"

凯倒没大惊小怪,只不过听到老菲茨这一突然的消息不免有些吃惊,当他还在摇篮里,老菲茨就曾见过他?他的思绪快速进入时空隧道,时间:一八七四年;空间:印度。所以,老菲茨一定在一八七四年去过印度。"你当时在加尔各答?你可从没跟我提过。"凯避开自己范戴克式的胡须,啜了一小口白兰地。"我没说吗?"老菲茨漫不经心地回了一句,仿佛此事无关紧要。"嗯,我当时是在加尔各答。我的监护人不赞成我上大学,而是送我去环游世界。(多奇怪呀!这么说来,年轻的老菲茨还在被监护人管着?)那时候你父母对我很好。"菲茨乔治先生接着说,"当然,你的总督父亲并没有多少闲暇,但我始终记得你的母亲,她非常亲切迷人,那时的她年轻而可爱。当时我在印度玩了一大圈,在所有遇到的人中,她是最可爱的——不过,你对那对塞弗勒瓷碗的判断是错的,霍兰德。你缺少瓷器鉴赏的天赋——以前不懂,以后也不会懂,对你来说,它的门道过于高深。你就适合研究像星盘那样的破烂玩意儿,那才是你的归宿。可你倒好,把自个儿当成一个陶瓷专家!还反驳我,对我指指点点,我忘掉的瓷器知识比你学到的还要多。"

凯早已习惯这种谩骂,且喜欢被老菲茨数落,那会让他感到愉悦乃至身心微颤。他就这么坐着,听老菲茨絮叨。什么他压根儿不配被称为一个鉴赏家啦,最好还是去搞一搞集邮之类的抱怨的话。他知道老菲茨并非有意刁难,只是像一只吹毛求疵的老鸽子,以啄他、调侃他为乐。凯歪着头,听而不闻地保持微笑,身体微微前倾,低头望着桌布,手指随意把玩着刀叉。他们的关系又奇迹般回归常态。这番数落之后,菲茨乔治先生情绪高涨起来,自言自语道:"嘿,要是没这杯白兰地,我指定得崩溃。"他已经将那句难以说出口的宽慰话忘了个干净,或者说他自认为已经忘了,然而也许那句话还一直在他心里从未消失。他们一起走出俱乐部,站在台阶上准备道别。凯戴上自己那副麂皮手套——菲茨乔治先生可不戴这玩意儿,一生中从未有过手套。凯·霍兰德则完全不同,他素来戴手套出门——这时，出乎老菲茨意料的事情发生了，他惊讶地听到自己低声说道："很遗憾听到你父亲去世的消息，霍兰德。"

菲茨乔治终究还是说出了宽慰的话，圣詹姆斯街并没有吞没他的声音。他轻松地说出这些话，但一时不知是昏了头，还是中了邪，接着提了一个最不可思议、最没必要的提议。"也许，"老菲茨说，"也许哪天，你可以带我去拜访斯莱恩夫人。"凯有些吃惊：他为什么这么说？像着了魔似的。但也没多想。"哦，可以——当然可以——如果您愿意的话，"凯匆忙说，"好了，晚安，晚安。"凯转身匆匆离去。老菲茨站在原地望着凯远去，想知道这样一来，自己还有机会再次见到凯·霍兰德吗？

这栋房子真奇怪，伊迪丝思绪纷飞，房子内外的情况形成了鲜明的对比，外面街上一片喧嚣，到处张贴着刺眼的海报，到处是在栅栏边上晃悠的记者，到处是有关威斯敏斯特教堂的议论，到处是议会两院的演讲。房子内却是正在密谋似的安静和隐秘。仆人们压低声音说话，众人上下楼梯都得放轻手脚。当斯莱恩夫人走进房间时，大家会霎时停止交谈并站起身，立在一边。有人会走上前去，小心翼翼地引她到椅子上坐下。就好像她出了什么意外，或暂时失去了理智似的。然而伊迪丝确信，母亲根本不想被扶到椅子上，也不想被人如此恭敬而缄默地亲吻，更不想被小心地询问是否要在房间内用餐。整栋房子里，唯一以正常方式待她的人是法国女仆吉诺，吉诺几乎和斯莱恩夫人一样年纪，陪伴了夫人的整个婚姻生活。吉诺跟平常一样吵吵闹闹地在房子里走来走去，用混杂难辨的法语和英语自言自语，抱怨着下一件要处理的事情。她毫无顾忌地冲进客厅，一惊一乍地问女主人："请问，夫人，老爷的衬衫要送去洗吗？"一家人顿时感到惊愕，纷纷望着斯莱恩夫人，仿佛以为她会像一只受到重击后摔得粉碎的花瓶，心碎到崩溃。"需要，"夫人用一贯平静的语气说道，"老爷的衬衫当然要送去洗。"接着，她转向赫伯特说，"我还不清楚，依你看，我该怎么处理你们父亲的遗物？把它们通通交给管家打理似乎太可惜了，再说也不合适。"

伊迪丝暗想，房子里笼罩着怪异的气氛，只有母亲和吉诺仿佛置身事外。她从赫伯特、嘉莉、查尔斯和威廉的眼神中，一眼看出那种不满。但公然表示对母亲的不满自然是行不通的，他们只能暗暗地坚持自己的主张：母亲的生活受到重创，且已经疲惫不堪，必须得到儿女们的呵护，以不被外界打搅；那些与外界的必要联系，就由能干的子女们代为处理。不过，伊迪丝这个可怜的孩子派不上用场。大家都知道，伊迪丝总是在错误的时间说错误的话，该做的事情都不会做，还借口说"忙啊，太忙了"；凯也难堪大用，几乎不被当成家里的一分子。只有赫伯特、嘉莉、威廉和查尔斯可以主点儿事情，他们作为母亲与外界的一道桥梁，为母亲隔绝一些消息，但事实上，还是会有些传闻时不时绕过他们的屏障溜进来：国王和王后发函致以深切的慰问——赫伯特再怎么有私心，也不可能按下这条消息不让母亲知道；老斯莱恩的祖籍地哈德斯菲尔德希望获准在当地举办追悼仪式；格洛斯特公爵大人将代表国王出席父亲的葬礼；皇家刺绣学院的女士们在通宵达旦地赶制棺罩——首相和反对党领袖将各执一角；法国政府也会派人过来；据说布拉班特公爵可能会代表比利时出席。诸如此类消息，不一而足。这些消息经赫伯特筛选、过滤之后，被酌情转告给母亲。赫伯特想看看母亲究竟如何处理它们，结果发现母亲漠不关心。"很好，他们有心了。"她说。还有一次，她说："亲爱的，你看着办就行了，我都满意。"这样的回话让赫伯特既欣慰又恼怒。

在某种意义上，那些对他父亲离世的致意，也是对他这个新任勋爵的致敬。不过，母亲的地位此刻绝不会动摇，她是毋庸置疑的焦点——父亲死亡到下葬的这三四天，她会是真正的一家之主。赫伯特为自己的理智感到自豪，自认处事的分寸感拿捏得十分得当。他有的是时间来证明自己新任斯莱恩勋爵的威严。爵位一代传一代，像极了一种自然法则。尽管只要父亲的遗体还留在家里，母亲就仍是最高权威。不过，她现在对一切都漠不关心，并将很快放弃、让渡她的权利，但此时弃权不必要且不合时宜。就在这三四天内，她应当主持隆重而盛大的仪式以缅怀丈夫，任何剥夺她权利的行为都是不体面的。这一切都在赫伯特的掌控之中。但也许伊迪丝心中的小恶魔又在喋喋不休：母亲把整个人生都奉献给了父亲，也许因此耗尽了激情，以至于她现在什么都不想做，甚至懒于缅怀去世的丈夫。

这栋房子的氛围实在怪异，空气中弥漫着一种前所未有的陌生感，这种感觉从未有过，也再不可能有，毕竟父亲不会死两次。他的去世造成了这种特殊的情形，自己肯定也未曾料到。在这种情形真正出现之前，没有人能预知到，曾经至高无上的父亲的离世，使母亲成了最重要的人物。她的显赫地位也许只会持续三四天，但在那短暂的时间里，这是绝对的、不容动摇的。每个人都必须遵从她。她，只有她，可以决定威斯敏斯特教堂的大门铰链是否转动；整个国家都在等待她的决定，主教和全体教士必须听从她的意愿。他们必须非常温和、谨慎，征求她对每一个细节的意见，确认她的想法。这相当奇怪，一个如此自甘黯然的人突然变得如此耀眼。就像在玩游戏，伊迪丝想起从前，父亲会在喝过茶后，心情愉悦地来到客厅找母亲，孩子们正围在母亲身边，一起读故事书，父亲会走过来拍拍书皮，宣布现在来玩"追随首领"的游戏，游戏奔跑的范围是整个屋子，不过他们必须由妈妈来带领。父亲一声令下，他们开始游戏，在寂静的官邸里，在舞厅的木地板上蹦蹦跳跳，头顶是裹着荷兰麻布的吊灯。他们模仿各种荒诞的滑稽动作——母亲总有层出不穷的新花样——父亲紧跟在最后，但他总是扮小丑出洋相，动作笨拙。这时孩子们会高兴地尖叫起来，假装要纠正他，母亲会转过身来（凯紧紧抓着她的裙子），故作严肃地说："真的吗？亨利！"一家人大笑起来。不少大使馆和政府大楼里都曾响起他们傍晚玩耍的笑声。但有一次，伊迪丝记得母亲（当时还年轻）翻乱了档案室的一些文件，孩子们争先恐后地爬过去添乱，父亲突然黑下了脸，以一种成年人的方式表达了不满；夫妻俩原本欢快的表情如同一朵片片凋零的玫瑰霎时衰败，孩子们噤若寒蝉地回到客厅。那情形仿佛朱庇特在奥林匹斯山俯视下界，看见一个凡人误以为他不在，擅自处理了他的重要事务。

现在，母亲可以随心所欲地玩"追随首领"的游戏了。她也许会玩上三四天，带领大英帝国乃至欧洲的达官显贵们一路赶去高达绿地或哈德斯菲尔德，而非人们希望去的威斯敏斯特教堂或布朗普顿公墓。但令伊迪丝心中的小恶魔失望的是，母亲根本不想当这个"首领"。她简简单单就同意了赫伯特的一切提议。就跟从前一样。赫伯特七岁时，还整天闹着玩"追随首领"的游戏，他会催促母亲："我们换去厨房玩吧。"而如今，母亲已经八十八岁，赫伯特六十八岁，伊迪丝诧异于母亲对赫伯特一切提议的默许，这真的合适吗？这种默许也让赫伯特颇感震惊——尽管他遗传了父亲的血脉，但与父亲完全不同的是，面对女性的全然依赖，他感到受宠若惊。在这三四天里，他要求母亲自己拿主意——他把这些事务当作一项游戏。既然是游戏，他就得遵守规则。然而，一旦母亲的决定与自己的意志相悖，他就耿耿于怀，大男子主义的逆反心理开始作祟。

不过，随后看着自己的想法被一一采纳，赫伯特变得温和起来。他甚至不断说服自己，这些想法完全由母亲提出，与他无关。他又一次走出母亲的房间，下楼来到客厅，走到弟弟妹妹身边。在伊迪丝看来，他一直来来回回。母亲选择了大教堂，那就将父亲葬在大教堂吧。母亲怎么都对。毕竟英格兰所有最伟大的子民都葬在威斯敏斯特大教堂呢。赫伯特说，自己更喜欢哈德斯菲尔德的教区教堂。这种话一听就有问题，糊弄不了伊迪丝。她明白赫伯特的想法，赫伯特以为自己是在替大家发言呢。但他们必须考虑母亲的意愿，也必须屈服于大教堂的影响力。毕竟，这是一种荣誉——巨大的荣誉——是他们父亲一生中的最高荣誉。这一理由庄重而无懈可击，嘉莉、威廉和查尔斯低下了头，沉默不语。伊迪丝则在想：父亲要是知道自己被葬在大教堂，一定会觉得有趣且欣慰，尽管他生前对此不屑一顾。

皇家刺绣学院的女士们制作的棺罩无疑极尽奢华。霍兰德家族的纹章以浮雕的形式，绣在紫色长毛绒面上。首相适时地拿起棺罩的一角，他表现得庄重而得体，对身份的把握可谓十分完美，任谁见了他都会毫不犹豫地说："这应该是一位首相，至少也是一位内阁大臣。"那位反对党领袖拿着棺罩的另一角,与首相步调一致。一个小时里,他们何尝不是"追随首领"游戏的一部分,因为担负着相同的责任,接受了同样的训示,他们暂时抛却了所有分歧,尽管他们的拥趸禁止他们论调一致。再看二位年轻的王子,他们被仓促但恭敬地引领到座位上。他们也许会疑惑,为什么命运把他们与其他年轻人清晰区隔?他们要去为新道路剪彩,或像现在这样,来参加某个政治家的葬礼,向他致敬。不过,他们更有可能把这些都归为当天作业的一部分。

但此刻,伊迪丝想知道,现实在哪里?

葬礼结束了。埃尔姆帕克庄园的一切都发生了微妙的变化。大家依旧体贴斯莱恩夫人,但赫伯特和嘉莉悄然生出了一种强烈的厌烦情绪,开始有种执掌大权的姿态。赫伯特无疑已成为一家之主,嘉莉则成了他的支持者。对于斯莱恩夫人的安置,他们准备软硬兼施,采取坚定而亲切的态度。母亲如往常一般被请到椅子上,被搀扶着坐下,被轻拍肩膀以示善意,他们必须使母亲明白,葬礼之后还有很多事情在等她决定,因父亲去世暂缓的事务不可以一直延宕。就像老斯莱恩办公桌上的文件一样,斯莱恩夫人也必须被妥善安置，之后，赫伯特和嘉莉才好继续做自己的事情。斯莱恩夫人不傻，尽管子女们没有明言，但他们的意思已经很清楚了。

斯莱恩夫人非常安静地坐着，望着自己的儿女们。她是那样尊贵优雅，却也十分虚弱衰老。孩子们看惯了她，对她的外貌习以为常，但陌生人总是十分惊讶：她看起来绝不可能超过七十岁。斯莱恩夫人是一位美丽的老妇人。她身量高挑修长、面色白皙、举止优雅，从不失态，穿在身上的衣服不仅是简单的蔽体之物，更是一种典雅的装饰。她深谙线条之美的秘密，四肢线条流畅可爱；有着深邃有神的灰色眼睛，鼻梁又直又挺；平静而沉稳的手仿佛只能来自范德克的宫廷画；银白的头发上总是披着一层得体的黑色蕾丝薄纱。多年来，她的长裙一直是那么柔顺，尽管款式不同，但都是黑色的。看着她，人们会相信一个女人可以十分轻松地拥有那种美丽和优雅，正如天才的作品会给人一种创作得轻而易举、不费吹灰之力的错觉。更让人难以相信的是，斯莱恩夫人是如何将生活中的各种活动安排得井井有条：家庭事务、慈善事业、子女、社会义务、公开露面——她的生活被这些事情填满。每当有人提起她，总会说："她真是一位非常棒的贤内助！"

哦，是的，伊迪丝想，母亲的确可爱；又如赫伯特所说，母亲十分了不起。不过这会儿，赫伯特正在清嗓子，他想说什么呢？

"亲爱的母亲……"赫伯特幼稚又正式地称呼道，同时把手指伸进衣领里。母亲曾与他一起坐在地板上，教他如何正确调整上衣。

"亲爱的母亲，我们商议了许久，嗯，我是说，我们对您的未来感到忧心。我们知道您将大半生都奉献给了父亲，他的故去会在您的生活中留下偌大的空白，您一定非常迷茫。我们一直想知道——这就是为什么我们会在各自回家之前，在此请求与您碰个头——您会选择去哪里生活，如何生活？"

"你不是早替我决定了吗，赫伯特？"斯莱恩夫人和蔼地说道。

赫伯特这会儿又把手指伸进衣领，一边看着母亲，一边整理，伊迪丝真担心他会窒息。

"哦，不，母亲，我们是草拟了一个小方案，希望能呈给您获准，但绝不是替您决定什么。我们考虑到您的品位，也意识到您可能并不想舍弃那诸多的兴趣和事业，与此同时……"

"请等等，赫伯特，"斯莱恩夫人说，"你提到了兴趣和事业，指的是什么？"

"是这样的，亲爱的母亲，"嘉莉插嘴说，"赫伯特指的是您的那些慈善机构，什么巴特西贫困妇女俱乐部、弃儿收容所、不幸姐妹组织……"

"哦，是的，"斯莱恩夫人说，"它们的确算是我的兴趣和事业。请继续说，赫伯特。"

"所有这些事务，"嘉莉说，"一旦离了您，就会垮掉。我们尤其注意到，它们中的大部分由您亲自创立，您是那些人的生命之光。事到如今，您不会放弃他们吧。"

"此外，亲爱的斯莱恩夫人，"拉维尼娅说——她习惯这般叫婆婆，从未用过其他称呼——"我们认识到，一旦您无事可忙，生活将会有多烦闷无趣。您是如此有活力、如此精力充沛！除了伦敦，我们想象不出您会想去哪里。"

斯莱恩夫人没说话，只是一一看过他们每个人的脸。她的表情十分温雅，却让人感到莫大的讽刺。

"与此同时，"赫伯特终于接上了话茬，刚刚的打断令他不快，但他还是隐忍了下来，他说，"您的收入几乎不足以支付这栋房子的开支，当然了，您有权继续住在这里,不过,我们还是建议……"他简要地说了一遍他们原先讨论过的方案。

斯莱恩夫人只是静静地听着——她一生中的大部分时间都在倾听,而不做任何评论。现在,她听着长子的计划,没有言语。就赫伯特个人来说,母亲的沉默并没使他感到不安。他很清楚,母亲一直习惯于让别人替她安排那些来来往往、去去留留。无论是被告知要乘轮船去往开普敦、孟买,抑或悉尼,还是把衣柜和育儿室全搬去唐宁街,又或者周末陪丈夫去一趟温莎堡。诸如此类情形,她无一例外听从指示,从不拖泥带水。她总是穿着得体地站在码头或站台的一堆行李边,等着有人前来接她。因此眼下,赫伯特没理由怀疑他的轮流安置计划会被否定。母亲准会同意,在儿女家轮番度日。

赫伯特说完后,斯莱恩夫人开口道:"你想得非常周全,赫伯特。你明天就把房子交托给房产经纪人吧。"

"好极了!"赫伯特说,"真高兴您同意了。不过您无须着急,房子交割肯定还需要一段时间。梅布尔和我届时会在家中迎接您的到来。"他俯下身,轻轻拍了拍母亲的手。

"哦,请等等,"斯莱恩夫人举起手说,这是她第一次做出这个手势,"你太急了,赫伯特。我不同意。"

大家惊愕地看着她。

"您不同意吗,母亲?"

"对,"斯莱恩夫人微笑着说,"我想还是不劳烦你了,赫伯特;我也不会跟你住在一起,嘉莉;也不会是你们、威廉、查尔斯,你们都很善良,这让我很欣慰,不过我要一个人生活。"

"你一个人吗,母亲?这不可能的,你能住在哪里呢?"

"汉普斯特德。"斯莱恩夫人回答,轻轻地点了点头,仿佛在回应心中的声音。

"去汉普斯特德住?您能找到合适的,既便利,又不会太过昂贵的房子吗?"嘉莉问,"真是的,我们在这里讨论母亲的居住问题,仿佛我们能决定一切似的。这可真荒谬。我不知道我们这是怎么了。"嘉莉愤愤不平地说。

"那里有一所房子,我已经看过了。"斯莱恩夫人点了点头说道。

"可是,母亲,您又没去过汉普斯特德。"嘉莉说。这算什么事儿,至少在过去十五年里,她对母亲每天的行踪了如指掌。现在倒好,在她完全不知情的情况下,母亲一个人跑去汉普斯特德？这让她十分反感，母亲独立的暗示，像极了一种侮辱，几乎是一种挑衅。斯莱恩夫人和她的长女嘉莉一直保持着紧密且持续的联系。她们总是一同制定一天的行程。吉诺会在一早拿来便条，传递二人的计划。有时她们会打很久的电话沟通。要不就是在早餐后，嘉莉亲自来一趟埃尔姆帕克庄园。她高挑、务实，行动利索又极为高傲，总是一丝不苟地戴着手套、帽子和围巾。嘉莉的包里总是塞着购物清单，还有下午委员会会议的议程文件。斯莱恩夫人通常一边干着针线活儿，一边和女儿沟通当天的事务。十一点半左右，她们会结伴出门，附近的老太太已经相当熟悉这两道穿黑色衣裙的高挑身影。即便有时二人的行程实在不顺路，嘉莉也至少会去庄园喝上一杯茶，小坐一会儿，以便了解母亲是如何度过这一天的。斯莱恩夫人肯定不会瞒过她独自去往汉普斯特德。

"三十年前，"斯莱恩夫人说，"我那时见过这所房子。"她从针线篮里取出一绺羊毛线，递给凯，"请帮我拿着，凯。"她先是小心翼翼地扯开那个线圈，找出一根线头，接着开始绕了起来。她平静地说，仿佛平和的化身，"我确信房子还在那儿。"她细致地绕着线团。凯站在她面前配合，在这方面他有长期的经验，两只手富有节奏地上下摆动,这样毛线就可以从手指上顺利滑出,而不致卡住,"我肯定房子还在那儿,"她的语气介乎幻想和确信之间,仿佛她对那所房子有一种隐秘的了解,三十年来,房子就在那里耐心等候她,"那是一个宜居的小房子,"她淡淡地补充道,"不大也不小——我想吉诺一个人就可以打理,也可以再配上一个干粗活儿的女佣——我还记得那里有个别致的小花园,院墙边种着桃树,朝南向生长。我见到这所房子时,它正要出租,只可惜你们的父亲看不上它。我还记得那个房产经纪人的名字。"

"他叫什么,"嘉莉打断道,"那个房产经纪人叫什么名字?"

"那是一个有趣的名字,"斯莱恩夫人说,"也许这就是我记得它的原因。巴克特劳特[①],杰维斯·巴克特劳特。这名字和那个房子很配。"

"哦,"梅布尔说,双手扣在一起,"这听上去太美味了——桃子啊,鹿啊,鳟鱼啊……"

"给我安静点儿,梅布尔。"赫伯特说,"当然,亲爱的母亲,要是您执意想实施这个——哈——这个非比寻常

---

① 原文 Bucktrout,buck 和 trout 分别意为雄鹿和鳟鱼。

的方案,那就没什么好说的了。您当然可以自己做主。可是,您有这么多孝顺、赤诚的子女,却偏要挑选去汉普斯特德隐居。我是说,在外人看来,这会不会有点儿反常呢?当然,老天,我绝没有在强迫您的意思。"

"我不这样认为,赫伯特。"斯莱恩夫人绕完那团羊毛线后说,"谢谢你,凯。"接着,她在一根长针织棒上绕了个线圈,开始织起新物件,"许多退休老太太就住在汉普斯特德。此外,我一生都活在世人的眼光中,这实在太久了,是时候离开给自己放个假了。要是一个人到了晚年都不取悦自己,那什么时候才能取悦自己呢?我所剩的时间不多了!"

"好吧,"嘉莉说。事已至此,她想尽量挽回点儿什么,"至少我们会确保您在那里不会孤单。我们有这么多人,可以很容易地安排好,让您每天至少有一位访客。不过,哎呀,汉普斯特德可不近,总得开汽车来往,有时就不见得方便了。"嘉莉意味深长地看了一眼丈夫,他畏缩得跟一只鹌鹑似的,毫无存在感,"好在……这不是还有曾孙辈嘛,"嘉莉眼睛一亮,说道,"您一向喜欢他们时时拜访,少了他们,您一定不会高兴。"

"恰好相反,"斯莱恩夫人说,"这正是我下定决心的另一件事情。嘉莉，我想要完全放纵自我，好好享受晚年时光。不要孙子、孙女来打扰，他们太年轻了，一个个连四十五岁都不到。我也不要曾孙们来陪，那只会更糟。那些拼命奋斗的年轻人总是不满足于做某件事情，又爱追根究底。我也不希望他们带孩子来，因为这只会让我想起这些可怜的人在安全走完一生之前，需要付出多大的努力。我宁愿忘掉他们。除了那些老骨头，那些更接近死亡而不是更接近出生的人，我不要任何人陪。不要。"

母亲一定是疯了。赫伯特、嘉莉、查尔斯和威廉想。由于他们一直认为母亲头脑简单，所以他们更加断定，她肯定是因为衰老才这样疯狂。不过，她此刻的疯狂又不失为一件坏事：威廉也许会遗憾失去了一份家庭补贴；嘉莉和赫伯特也还很顾虑世人的眼光——但总的来说，母亲自己敲定了去向，对他们来说也算一种解脱。凯好奇地望着母亲，长期以来，他们这些孩子将母亲的高贵、慷慨、无私视作理所当然——而现在，凯第一次意识到，即使相识很久的人，也可能藏有不为人知的一面，指不定哪天就让人大吃一惊。只有伊迪丝暗自开心，心想母亲根本没疯，反倒清醒得很呢。她乐于见到嘉莉和赫伯特的崩溃，"母亲真了不起"，她没有陷入他们的"圈套"。伊迪丝轻轻拍着手，低声说着："好样的，母亲！继续！"仅存的一丝谨慎阻止她将话大声说出来。她现在陶醉于母亲的这一番高谈——在这令人惊讶的早晨里最大的惊喜。斯莱恩夫人说话时总是习惯性地有所保留，不轻易发表自己的观点，连低头织毛衣和刺绣时，都保持完美的面部表情。她偶尔会说："是吗，亲爱的？"从不表露内心的真正想法。伊迪丝忽然醒悟，这些年来，在那温柔淡然的注视的庇护之下，母亲也许过着另一种充实的隐秘生活。那么她观察到了什么？注意到了什么？对此有多少评论？又隐藏了什么？母亲又开口了，同时在针线篮里翻找着什么。

"我把珠宝从银行里取出来了，赫伯特。它们归你和梅布尔，这样最好。前几年，我就想给梅布尔，不过当时你们父亲反对。这里就有其中的一部分。"她一边说着，一边把针线篮翻转过来，把东西抖落到腿上：一堆散乱的皮套、棉纸、散珠子、几缕毛线。她用那双纤细的手挑拣起来。"伊迪丝，"她抬起头说道，"拉一下铃，让吉诺过来。""你们知道，我一直对珠宝不感兴趣。"她没看着大家，自言自语道，"这么多珠宝落到我手里，看着真可惜，太浪费了。你们的父亲过去常说，在紧要场合，我得会装扮。我们在印度那会儿，他常去塔什卡纳拍卖会上买许多东西回来。他有一个理论，那些王公贵族们见到我佩戴这些珠宝肯定会高兴，尽管他们也知道这些珠宝是我们购得的他们的珍藏。我得承认你们父亲说的是对的，但我还是觉得这非常傻，简直像一场闹剧。我有过一块黄宝石，你们还记得吗？那是一块很大的黄宝石，颜色有些发棕，未经镶嵌，几十个切面泛着赤光；我曾让你们透过它看折射出的数百个小火苗，有的是正立着的倒影，有的朝下。从前，你们吃完下午茶点，从楼上下来，我们就一起坐在炉火前，透着它看炉火，就像暴君尼禄看着罗马城被烧毁那样。只不过火是棕色的，而非绿色。我想你们不太记得了。那毕竟是六十年前的事情了。不过我把那块宝石弄丢了，一个人总是会失去自己最珍视的东西。我没有弄丢过其他东西，也许是因为吉诺在负责保管它们——她总能想出那种奇特的藏处——她不信任保险箱，所以她过去常常把我的钻石扔进水罐里——没有哪个贼会想到去那里找东西。我经常想，如果吉诺突然撒手走了，我要去哪儿找它们呢。只有那块黄宝石，我从前会把它贴身放在衣袋里。"

斯莱恩夫人梦幻般的回忆被打断了，因为吉诺走了进来，并发出蛇行在枯叶堆中、马鞍嘎吱作响般的响动，那是她的牛皮纸围裙发出的动静，不出五月，她是不会解下它的。她习惯用它来加固她的长裙和紧身胸甲，以应对英国阴冷多变的天气。"什么事情，夫人？"

是啊，伊迪丝想，除了母亲，这里没人会喊吉诺。只有母亲能拉那个铃。尽管我们都在这里，但只有母亲可以发号施令。赫伯特缩着脖子，不知道又在窥视什么；立着的嘉莉正压抑着一脸怒气；查尔斯像削铅笔一样捻着他的胡子——不过，谁会重视查尔斯呢？他自己也清楚，连英国陆军部都对他不闻不问。大家心知肚明——没人在意他们，所以他们说起话来总那么大声。不像母亲，她之前从不说话，今天却打破常规。吉诺走了进来，就好像在这个房间甚至整栋房子里，夫人才是唯一有资格差使她的人。吉诺很清楚最该尊重的是谁，她懒得理其他人在喋喋不休地说些什么。"什么事情，夫人？"

"吉诺，那些珠宝还在吧？"

"那还用说，夫人，我都好好藏着呢。夫人，您想让我拿出来吗？"

"麻烦你了，吉诺。"斯莱恩夫人坚定地说。然而，吉诺却用目光把这一家子人扫了个遍，就好像赫伯特、嘉莉、查尔斯、威廉、拉维尼娅，甚至被冷落的无害的梅布尔，都是些贼。她为什么要趁着夜色把钻石藏到冷水桶里？不就是为了防止这些家贼吗？在吉诺的想象中，印度或南非的阳台、游廊上，曾有盗贼越过，偷偷摸摸靠近总督府内的珠宝——"这些肮脏的黑鬼"——现在倒好，这些英国佬要名正言顺、直截了当地抢走这些珠宝，夫人如此温婉沉静，但马马虎虎，并不热衷于财物，可不能放心她照顾自己和那些财物，而吉诺天生擅长监督。"夫人，您至少应该记得，这些戒指是可怜的老爷指定要留给您的。"

斯莱恩夫人低头看了看自己的十指。像俗语说的那样，"满载戒指"。所有话语都承载着一定的意义，每句俗语，哪怕是陈词滥调，都曾正确描述了与人类密切相关的某些经历或感受。斯莱恩夫人的手上戴满戒指，对这双手来说，这些宝石实在太过沉重了。她手上满满当当的戒指，不仅是斯莱恩勋爵对妻子深情的象征，更是勋爵夫人应有的装饰品。大半圈钻石自然地环在手指上。（在斯莱恩勋爵心目中，妻子的手和鸽子一样柔软。某种程度上，这说法完全正确，那是一双细腻软绵的手。但也不尽然，在外人看来，她的手精致典雅，有雕塑般的个性感。但斯莱恩勋爵更关注柔软的一面，而忽略了那微妙的、不易捕捉的迹象。）斯莱恩夫人低头望着手，仿佛经吉诺一说，她才第一次注意到它们。她突然抽离似的观察起来，因为手只是身体的一部分，人们能以最大限度的超脱感来观察它们。手突然变得很远，她注意到那些奇妙的关节，以及它们在瞬时信息传达时的神奇的生理反应，它们仿佛来自另一具身体，是另一台机器的部件。她甚至研究起指甲的椭圆形、皮肤上的毛孔，以及指骨和指关节的皱纹、光滑度、纹理，用一种带有评估性质的敏锐的眼光审视它们。它们服务于她，她却从没研究过它们的个性；手相术主张，一双手的个性与人自身的个性也息息相关。有些手挂满了戒指，有些手因操劳而粗糙。斯莱恩夫人看着自己的手，这双手陪伴了她一生，从儿时的胖乎乎的小手，变成如今象牙般洁白光滑的妇人的手。她轻轻旋着手指上的一只钻戒和另一只红宝石戒指，像在回忆什么。这些戒指已经戴了很多年，已成了她的一部分。"当然，吉诺。"她说，"别担心，我知道它们属于我。"

但戒指之外的其他东西就不属于她了，事实上她也不想要。吉诺将珠宝一个接一个地摸出来，交给赫伯特过数，就像农民一枚一枚地数鸡蛋给买家。赫伯特接过来，转手又把它们交给梅布尔，就像砖匠把砖头传给他的同伴。赫伯特对物品的价值敏感，但没有审美品位。斯莱恩夫人坐在一边看着。她有审美品位,却没有一点儿价值观念。这些东西的价值、拍卖价格,对她来说毫无意义。它们的美感才是更重要的,但她也没有要独占它们的冲动。尽管她知道,它们联结着她生命中那些最奇妙的、最有意义的经历。这些玉权杖是由西藏的喇嘛使者带来的!那场表演仪式的情形,她至今还历历在目。披着黄色僧裙的使者蹲在地上,从一件猛犸股骨一般长的骨头乐器中发出咆哮般的哀鸣。当时她身处杜巴大厅,顺从地坐在亨利旁边,极力忍着笑意;她想起有一种相当狭隘的英式娱乐,即对波兰人名字发音中种种不熟悉的辅音的取笑。她觉得二者的笑点不相上下,都那么莫名其妙。也许就是因为陌生感,否则,是什么让她因为一根西藏股骨发出的那种哀号滋生笑意?也许库贝里克的音乐同样会让那些喇嘛感到好笑。接着是那些印度王公贵族送来的礼物——吉诺现在正一个一个地递交给赫伯特,埃尔姆帕克庄园的继承人——印度贵族们非常清楚,这些礼物最后都会出现在塔什卡纳拍卖会上,总督们会考量自己的财力,谨慎买回一部分。有瑕疵的长节珍珠、未切割的祖母绿宝石,正通过吉诺那愤懑的手,传递到赫伯特那体面而贪婪的手上。此外,还有一些红色天鹅绒匣子,里面摆满了手镯和项链,

"这些珠宝可都收得好好的。"吉诺说着,猛地关上盒子。一直到他们交接完毕,整张桌子上已经堆满了盒子。"梅布尔,亲爱的,"斯莱恩夫人说,"我想我最好借给你一个手提箱。"

这是赤裸裸的抢劫!威廉和拉维尼娅目光中闪烁着憎恨、垂涎与愤怒。斯莱恩夫人就像没看见他们的眼神一样,对他们因分配不均的不满视而不见,拉维尼娅连一根胸针都没得到。很显然,斯莱恩夫人从未想过均分这些东西。拉维尼娅和嘉莉默默地怒视着,母亲如此简单的分配真是糊涂。赫伯特自然早就清楚这些决定,且十分欢喜于这种分配。他可不能表现得太过得意,得尽量和蔼些。他很享受其他人的失落,并且乐见他们更进一步的崩溃。也许是第一次,赫伯特格外深情款款地对梅布尔说:"亲爱的,戴上这串珍珠项链吧,我相信一定会非常漂亮。"梅布尔的小脸已不再洁白,珍珠并不衬她。当然,梅布尔也曾靓丽,不过岁月面前人人公平,现在她不再容光焕发。她的皮肤比头发还暗,而头发已经暗淡无光,像落了灰尘。这串珍珠曾经在斯莱恩夫人柔软的皮肤和衣裙的蕾丝之间闪耀着光彩,这会儿却挂在梅布尔皮包骨似的脖颈上,死气沉沉的。"相当不错,亲爱的梅布尔。"拉维尼娅说着，举起她的那个单片式眼镜，凑上去看，"不过还是有些奇怪，这种东方来的礼物品质怎么总是这么差？这些珠子都发黄了，让我来仔细瞧瞧。它们更像是旧钢琴的琴键。从前母亲戴着的时候，我怎么没注意到。"

"关于房子的事情，母亲，"嘉莉说着从包里掏出那个小记事簿，一边说，一边查阅，"您明天方便去看吗？我想，下午我应该有空。"

"谢谢你，嘉莉。"斯莱恩夫人的话让大家更加惊讶，"我已经约好明天去看房子。虽然你的提议十分有心，但我还是想独自去那里。"

对斯莱恩夫人来说，独自前往汉普斯特德是一次不折不扣的冒险。她在查令十字车站成功换乘了地铁，感到从未有过的舒畅。自从住进埃尔姆帕克庄园，她的生活边界就是帝国的疆域边界。而如今，她的生活边界缩小了。或许她是那种不太会被异国他乡影响的人——辗转轮换的异域岁月并没有改变他们——他们还是最初的自己。她或许真的老了，到了八十八岁，再说老已然无可厚非。这种对衰老的察觉、对年龄的感知，既奇妙又有趣。她的头脑一如既往地机敏，甚至有过之而无不及。那日渐迫近的肉体消亡之日，那必须充分利用剩余时间的紧迫感，无不在强化、鞭笞她的头脑。不过，她的身体免不了有点儿摇晃。她不确定自己的身体是否可靠，方向感也不如从前，害怕被台阶绊倒，害怕端不稳茶杯，总是紧张地颤抖。她意识到自己的身体已禁不起推搡或催促，因为害怕暴露自己的虚弱不足。稍年轻的人不能注意或体谅这一点；而当他们注意到了这一点，又会不自觉地烦躁，为了与她的步伐保持一致，假装懈怠，刻意放慢脚步。出于这一原因，斯莱恩夫人一直都不喜欢和嘉莉走在一起。她宁愿独自去车站拐角处乘公共汽车。不过，这次前往汉普斯特德，她并不觉得自己老了，只觉得比多年来大多数时候都要年轻。事实证明，她热切地接受了人生新一程的开始，尽管是最后一程。从坐姿来看，她不像八十多岁的人，她坐得很挺拔，身体随着地铁车厢的摆动而微微摇晃，紧抓着伞和提包，车票被小心地塞进了手套的开口处。她无意去想，同列车的旅伴是否知道两天前她把丈夫安葬在威斯敏斯特大教堂了。眼下，摆脱了嘉莉，她感到无比自在。她只想沉醉在这非凡的美妙感觉中。

莱斯特广场站到了。

斯莱恩夫人从未料到，亨利的死亡为她带来了一场突如其来的解脱。在她一生中，某些事件总会带来无明显相关的后果，而这场解脱也不过是她隐约注意到的又一件事情。她曾问过亨利，在政治领域是否也能观察到同类现象。尽管亨利对此表示关心（他一向积极回应每个人），但他显然没弄懂她的意思。亨利是真没懂吗？他从不会错失任何一句话的真正含义。相反，他会让别人先表达，自己则用敏锐而幽默的眼光看着他们，无论他们表达得多么笨拙，他总能轻松领会其中的要旨，并变戏法似的把这一意旨当成一个球抛来抛去。直到它从贫乏无味的表达变成一道水花、一座喷泉，继而在他无与伦比的智慧的作用下，闪耀意义的光辉——这就是亨利的非凡之处与魅力所在。人们因此称亨利·霍兰德，老斯莱恩勋爵为世界上最具魅力的人：不管多细枝末节的咨询，他都会将自己的聪明才智倾囊相授。无论是议会桌前的内阁大臣，还是坐在他旁边就餐的一位忐忑的年轻女士，他从未表露出轻视、敷衍，或蔑视。无论是多么琐碎的话题，他都能抓住核心。越是远离他工作、爱好的话题，他就越来兴致。他可以和一位初次参加舞会的少女讨论礼裙，和一位中尉谈论马球比赛的矮马，或者与任何人讨论贝多芬。就这样，他欺骗了成千上万的人，使他们深信，他们真的引发了斯莱恩勋爵的兴趣。

托特纳姆法院路站到了。

当妻子问及世事和无定论的话题时,亨利·霍兰德并不打算回答,而是把玩起她手指上的戒指。一个个戒指在黑色手套下形成凸起。她叹了口气。她有时会试探性地探究亨利究竟在想什么,他却不予回应。她最终还是接受了这一事实:自己可能是世上唯一一个他无须去费力应付的人。这句恭维略显平淡,但又不失真诚。她后悔了:现在真想和亨利来一次长谈,聊聊那些与主观想法无关紧要的闲杂事儿。她原本有这样的机会,有这样一种潜在的特权。但这机会在将近七十年后突然消失,连同亨利一起被压在了威斯敏斯特大教堂的石板下。

古治街站到了。

亨利要是得知她从嘉莉那里解脱出来,肯定也会高兴。亨利从没喜欢过嘉莉。斯莱恩夫人怀疑,亨利没爱过自己的每一个孩子。亨利一向不批评任何人,但斯莱恩夫人足够了解他(尽管在某种意义上,她对他仍一无所知),知道他究竟是认可一个人,还是讨厌一个人。他的赞扬总是很有分寸,他一定会斟酌再三,再赞美别人。相反,他要是不予赞美,就证明了他的不喜欢。斯莱恩夫人实在想不起亨利对嘉莉有过哪怕一句赞许,除了那句"我的女儿真有效率"勉强可以算作赞美。亨利看赫伯特的眼神中总有一种明显的淡漠。查尔斯也不例外,他的诸多不满从未从父亲那里赚到一丝同情。

尤斯顿站到了。

斯莱恩勋爵想到这个做将军的儿子时,总是有一种想法:"嗯,我是该振作精神,把我对政府官员的确切看法告诉这个夸夸其谈、脾气暴躁的人吗?毕竟在这方面,我知道的可比他多得多。还是说算了,别费那个劲儿了。"而据斯莱恩夫人所知,他从未与查尔斯吐露过这些想法,总是沉默隐忍。对威廉,亨利则表现出毫不掩饰的疏远。斯莱恩夫人出于对儿子的偏心的爱护,总把问题归咎于拉维尼娅。有一次,亨利在她劝解的压力下吐露道:"亲爱的,和他们相处太难了,他们的脑袋像一本记账簿,我没法跟这样的人来往。"斯莱恩夫人无奈叹气,表示赞同:"可怜的威廉,肯定是拉维尼娅带坏了他。""带坏?"对此,斯莱恩勋爵不以为然,"他们不过是一个豆荚里的两粒豆子,没什么不同。"对亨利来说,这已然是相当刻薄的辩驳。

卡姆登镇站到了。

对伊迪丝，亨利也许有点儿出于私心的喜爱。伊迪丝一直待在家里，也乐于帮忙干些杂事。伊迪丝会带他散步，帮忙回复信函。诚然，她有时会将信搞得一团糟，有的忘了署名，有的署了名，又忘了写上地址。这些信件会被死信处返送回"斯莱恩，埃尔姆帕克庄园"。这样的小麻烦只会让斯莱恩勋爵感到好笑，而不会动怒。他逮不到任何机会，说伊迪丝"有效率、手脚麻利"。斯莱恩夫人有时不禁想，他对伊迪丝偏心，大概是她给了亨利开她玩笑的机会，而不是因为对她好意做事的依赖。

乔克农场站到了。

至于凯，斯莱恩勋爵对有点儿古怪的凯是什么看法？斯莱恩夫人还没来得及深思，在用回忆这根长长的钓线拉起鱼儿之前，想起曾为自己设下的限制，即在彻底闲暇的日子到来之前，不要恣情回忆过去；在能完全自在地享受生活之前，不要沉湎于一时的快乐。她日后的盛宴决不能被一时的期待所破坏。恰在此时，列车帮了她一把，颠簸了几下后，驶进一个铺着白色瓷砖的车站，缓缓停下。站台墙面上，一排红色瓷砖框住的标牌上标着站名：汉普斯特德。斯莱恩夫人颤巍巍地站了起来，伸手去够最近的把手。她有点儿发抖、有点儿害怕。只有在这种场合，她独自一人，必须跟上机械般匆忙的人流时，才会觉得自己老了。很显然，由于感到虚弱，她害怕被人催促。但为了不给别人带去不便，当列车员大声喊"请快点儿"的时候，她马上顺从地加快脚步。而她又不想被人推挤着向前，那样实在有失礼仪，于是总是让别人先上火车或公共汽车，自己则礼貌地退到后面去。为此她很多次错过火车和公共汽车。嘉莉常常为此恼怒不已。因为她早就挤上车，抢到座位，却在车已经启动时，看到母亲还在站台上或人行道上。

汉普斯特德站到了，斯莱恩夫人顺利地下了火车，还成功地带上了伞、提包，也没忘夹在手套内的车票。这简直是一个奇迹。她下了车，周身是夏日温暖和煦的风，伦敦的一切已经被甩在身后。过路的人并不理会她，他们习惯了这种景象，像这样装束高雅的老太太在汉普斯特德并不少见。休息片刻后，她迈步走出站台，不知道自己是否还能记起那条路；汉普斯特德看起来与伦敦迥然不同，如同一个幽静的村庄，散布着温馨的红砖房、成排的树木，不远处的景致令人愉悦，康斯特布尔的风景画也不过如此。她惬意地漫步，没有丝毫的挂念，这仿佛是一场和睦的撤离，她不再去考虑亨利对子女们的看法，也不去想任何事情，一心要快些找到那栋房子——她心心念念的房子，三十年前就是在这样一排红砖房子中的一栋，房后还有一个小花园。这真奇妙，她很快就会再次见到它。三十年，比一个婴儿长大成人还要长十年。如此漫长的岁月中，谁知道这栋房子会遭遇什么呢？它是否经历了动荡，已经无人问津，抑或依旧平静？

这所房子确实空了好几年，只等有人来住。自三十年前，斯莱恩夫人第一次看到它以来，它只租给过一对老夫妇。那是一对安静而平淡的夫妻，过着普普通通的日子。天知道，在他们自己看来，他们已活得足够精彩、丰富，但其实和别人的寻常生活没什么两样，最终悄然融入永恒的生命之海，什么痕迹都留不下。这对不起眼的老夫妇，抛却一切过往，来到这里，就是为了慢慢枯萎、消失，温柔地驶出生命。他们确实如希望的一样，缓缓离去、淡出，飘离了这个世界。事实上，他们都是在那个朝南的卧室里，在那些桃树上方，吐出了最后一口气——看门人跟斯莱恩夫人如此唠叨着。她一边说，一边随手打开百叶窗，让阳光照射进来，又掀起围裙一角，扫了扫窗台上的蜘蛛网，接着回头看着斯莱恩夫人说："好了，就是这样,您已经看到了,这里没什么特别的,只是一栋待出租的房子,看在上天的分上,您赶紧做决定吧,好让我回去继续喝茶。"斯莱恩夫人静静地站在这栋空荡荡的房子里,"你走吧,"她说,"我约了巴克特劳特先生。"

"你随时可以走,"斯莱恩夫人说,"没必要在这里等着。"她语言间透露出总督夫人的威严,就连她自己也没意识到这一点。那个看门人一改刚才的敌意,转而谄媚奉承。不过看门人还是强调,她必须给房门上锁。房子的钥匙在她手里,她每天来这里看看,用掸子四处扫扫,再锁门离开,让房子重归寂静。偶尔会有泥灰从墙上脱落。那些夜间脱落的泥灰,必须在第二天一早打扫干净。无人居住的空房子有些破败。斯莱恩夫人看着从窗户间爬进来的常青藤,其中一片暗淡的嫩叶在阳光下无精打采地颤动。地板上,有一些被风吹滚着的草屑。一只巨大的蜘蛛飞快地爬上墙壁,消失在裂缝里。没关系,斯莱恩夫人说,你随时可以走,用不着担心,巴克特劳特先生肯定会好心锁上门的。

看门人耸了耸肩。毕竟房子里没什么斯莱恩夫人可以偷的东西,而且她还想回去喝茶。半克朗小费一拿到手,她就溜了。斯莱恩夫人独自待在房子里,听到前门被砰的一声关上了。"看门人"这个名字起得多么错误，他们照看了什么？例行公事似的撞进门，提着一镀锌桶污水，用一块脏兮兮的破布在地板上抹几下，就大功告成了。但也许，这也不能怪他们。照料这样一栋房子，每周只领几个先令的薪酬，指关节还会扭曲、变丑。这不过是一份工作，说难听点儿，完全是一份苦差。怎么还能苛求他们全身心投入呢？几个月的辛劳就能耗尽一个人的热情，而看门人可是一辈子都在干同一件事情。不能指望他们有闲心来欣赏房子，尤其是空房子的奇妙之处。房子由有秩序的砖块堆砌而成，经由铅垂线和水平仪校准，每隔一段距离就有一扇门或窗户……房子不仅是一座精确的建筑，也是一个会呼吸的有生命的实体，一股流畅的生命气息在内部不断涌动，直至禁锢它的墙壁倒塌，才会再次重见天日。房子是非常私密的，它的私密性与螺栓、横梁无关。不要说这是迷信、是毫无理性的胡言乱语。有人坚称，人不过是原子的集合，正如房子只是砖块的集合。然而他又声称自己有灵魂、精神，有记录和感知事物的能力，而这些与他体内躁动不安的原子无关，就像房子与那些静止的砖块无关一样。这是什么逻辑？这种观点无法用理性解释，也不要指望一个看门人会去思考这些。

斯莱恩夫人体验到一种奇妙的感觉。当一个人第一次独自待在一个空房子中，而且是可能成为自己家的房子中，都可能会产生这类感触。她凝视着一楼的窗户，思绪却在楼梯上跑来跑去，窥视着一个又一个房间。这仅是她的初次来访，她就已经把屋内的格局刻在了记忆里；这本身就表明，她和这栋房子是那么和谐、匹配。她的思绪甚至飘到了地窖。她没有下到地窖，却仿佛看到长满苔藓的台阶。她不禁猜想，那里是不是长着有斑点的橙色真菌？还是那种白色的——有害的物质以令人不怎么愉快的方式悄悄生长着。她想，真菌似乎算是房子的入侵者。思绪逐渐退回她所站的这个光秃秃的房间，房子中无礼的入侵者正在微风的吹拂下挥来荡去。

这些入侵者：草屑、常青藤叶、蜘蛛……它们占据这栋房子很久了。它们没付房租，却轻快恣意地在地板、窗户和墙之间畅游。这正是斯莱恩夫人想要的陪伴。她已经受够了喧嚣，受够了无休止的争名逐利，受够了永无可能填满的欲望与野心。她只想与这些在房子里自由飘荡的东西融为一体，尽管她不是蜘蛛，不会织网。她会满足于微风的吹拂，在阳光的照耀下种下植物，与岁月一起静静流逝，直到死神温柔地把她推到门外。她已别无他求。即使外物把它们的意志施加在她身上,她也会安静地接受。不过,她首先担心自己是否能拥有这所房子。

楼下传来一阵轻微的响动,是开门声吗?斯莱恩夫人侧耳倾听。是巴克特劳特先生来了吗?他们约的是四点半见面,现在时间已经到了。她想,自己一定得见他一面。尽管她讨厌谈事情,宁愿加入草屑、常青藤叶和蜘蛛的行列,像它们那样占有房子。她叹了口气,一大堆事务等着她处理,而她只想在花园安静地坐着。有些必要的文件要签署,她还要下达些指示,窗帘和地毯总得挑一挑,还得让各类工匠行动起来,在此之前要备好锤子、铁钉、针线等,最后还得把她那些私人物品一并运过来。她多想拥有一个阿拉丁的戒指,尽可能简单地生活。不过,谁也没法逃离生活中复杂的细枝末节。

斯莱恩夫人突然想到,巴克特劳特先生,那可是她在三十年前听说的名字,它不会被某个能干的年轻人继承了吧?她站在栏杆边往下面看,眯起眼睛,看见一位稳重的老绅士正站在门厅里。她长长地舒了一口气。她低头看着他那光秃秃的头顶,再往下看,是他那宽阔的肩膀,看不到身体,然后是两只锃亮的漆皮鞋尖。他站在那里，似乎有些犹豫。也许他不知道租客早已到了，也许他根本不在乎。她觉得后者的可能性更大。他似乎并不急着找人。斯莱恩夫人轻手轻脚地走下几级台阶，以便看得更清楚。他穿着一件亚麻长外套，像是粉刷匠穿的那种；脸色红润，略微有些发胖；他正将一根手指按在嘴唇上，仿佛在思考什么问题，神情有些狡黠，又带着一丝顽皮。他到底在做什么呢？斯莱恩夫人心想，这个举止有些怪异的小个子男人让人有些摸不着头脑。他按着手指一动不动，仿佛在示意周围保持安静。接着，他踮着脚穿过门厅，走到一面墙边，那面墙上有一块污渍，大概是因为曾经挂着一个气压计；这时，他像啄木鸟一样，飞快地轻敲着墙面，摇了摇头，小声咕哝着："降了！降了！"说完，他撩起长外套的一角，做完两个优雅的皮鲁埃特旋转，又回到了门厅的中央，脚尖正好精确地指向前方。

"巴克特劳特先生？"斯莱恩夫人一边问道，一边从楼梯上走了下来。

巴克特劳特先生一个小跳步，脚尖换了个指向。他又欣赏了几眼自己的脚背，这才抬起头。"斯莱恩夫人？"他彬彬有礼地说，行了一个精心设计的屈膝礼。

"我是来看房的。"斯莱恩夫人相当放松地说。刚刚一瞬间,她对这个古怪的人产生了一种莫名的好感。

巴克特劳特先生整理了一下外套,恢复到正常的站姿。"啊呀,是的,房子。"他说,"我差点儿给忘了。今天要谈生意,即便现在气压下降,快要下雨了,该谈的生意还是要谈。您是想看这栋房子吧,斯莱恩夫人。这可是栋非常不错的好房子,我是不会随便租给别人的。您也知道,这是我自己的房子,我既是屋主,又是经纪人。如果我仅仅是个经纪人,只要条件差不多,就可以将这房子租出去。您这下该明白,为什么这栋房子空置了很久。在这之前,确实有过许多申请人,但我一个也没瞧上。不过您可以随便看。"他稍稍强调了一下"您"这个词。

"我看过了。"斯莱恩夫人说,"那个看门人带我大致参观了一下。"

"那是一个可怕的女人,不仅粗鄙,还贪婪。您给她小费了吗?"

"给了,"斯莱恩夫人被逗乐了,"我给了她半克朗。"

"啊呀,可惜了,不过事情已经这样了。嗯,您已看过房了,有看清楚吗?三间卧室,一间浴室;两间盥洗室:一间在楼上,一间在楼下。三间会客室,一间休息厅,还有一间日常办公用的房间。这里用水很方便,也通了电。外面还有一个半英亩大的花园,有几棵长了很久的果树,其中一棵是桑葚树。这里还有个很好的地窖。您喜欢蘑菇吗?地窖里可以种些蘑菇之类的东西。我发现女士们对葡萄酒兴趣并不大,所以地窖正好适合用来培育些蘑菇。种蘑菇很方便的,即便对女士来说也很简单,只要接一根水管下去就行了。总之,斯莱恩夫人,您已看过这房子了,感觉如何?"

斯莱恩夫人正在犹豫。刚刚等待这位巴克特劳特先生的时候,她产生了些奇怪的想法。但她要把自己的真实想法告诉他吗?她相信,巴克特劳特先生不会表现出诧异,他会认真地对待这些想法。不过,她还是克制住了这种冲动。她应该谨慎些,尽量少说话。最终,她只是以一个潜在租客的口吻说:"嗯,我想它或许适合我。"

"嗯,但问题是,"巴克特劳特先生说着,再次把手指头放在嘴唇上,"您能适应它吗?我感觉您能适应。不过无论如何,世界末日来临之后,您也就用不着它了。"

"您过虑了。我想,我的末日会在世界末日之前到来。"斯莱恩夫人微笑着说。

"世界末日会更早到，除非您确实太老了。"巴克特劳特先生一脸严肃地说，"末日将会在两年后如期而至。这一点毋庸置疑，我只要向您展示一些基本的数学计算，您就会相信。您应该不是数学家吧，很少有女士是数学家。要是您对这一话题感兴趣，我是说，等您安顿下来之后，我可以过来和您一起喝杯茶，顺便给您推演一番。"

"那么，我会在这里安顿下来，是吗？"斯莱恩夫人说。

"我想是的。对，我是这样认为的。"巴克特劳特先生说着，把头歪向一边，斜眼看着她，"您应该注定会在这里安顿下来。否则，三十年过去，您为何还对这栋房子念念不忘——您在信上是这么说的——同时，我为什么又拒绝了之前那些租户呢？这两件事情像两根弧线，在此刻相交于一点，不是吗？我个人非常相信这种命运几何学。哦，要是哪天我能来您这里喝茶的话，我也可以和您说说这门学问。当然，如果我仅仅是个经纪人，我决不会冒昧提到喝茶这档子事情。但我也是房东，我预感，处理完所有杂事之后，我们很快就会以平等的身份会面。"

"当然，只要您愿意，随时都可以来。我欢迎您来，巴克特劳特先生。"斯莱恩夫人说。

"您太客气了，斯莱恩夫人，您真是个亲切的人。我不怎么交友。我发现人老了，自然而然地会倾向于与同龄人交往，远离年轻人。年轻人总让人厌倦、不安。现如今，我已经无法忍受七十岁以下的人的陪伴。年轻人总在向前看，强迫你去展望那种充满斗志的生活。老年人则不同，他们允许你去回顾那些已然尘埃落定的艰辛而动荡的日子。斯莱恩夫人，平静是人生中最重要的事情之一，但又有多少人真正拥有它呢？又有几个人真正渴望它呢？老年人渴望平静，但他们要么心力交瘁，要么疾病缠身，大多数人还在为失去的青春活力叹息。这实在错误，完全是本末倒置。"

"是的，不过还好，我从未犯过这种错误。"斯莱恩夫人如释重负地向巴克特劳特先生吐露了心声。

"是吗，从来没有吗？那我们至少在这个主要问题上达成了一致。二十来岁是可怕的，斯莱恩夫人，请允许我打个比方。那就和越野障碍赛马一样可怕。一个人明知道，那只会让他掉进竞争的溪流，在失望的树障边摔断腿，在阴谋的铁丝网上绊倒，并极有可能在爱情的障碍前黯然神伤。但当一个人老了，他就可以摆脱赛马手的身份，翻身下马，在比赛结束后安静的夜晚回想：'好了，我再也不用在那条赛道上前行了。'"

"但您忘了，巴克特劳特先生，"斯莱恩夫人不知不觉地陷入回忆中，"当一个人还年轻的时候，他渴望并享受那种危险的生活，他并不会为此胆怯。"

"是啊，"巴克特劳特先生说，"确实如此。我年轻时，是一名轻骑兵。我最大的乐趣便是狩猎野猪。我向您保证，斯莱恩夫人，没什么比看到那些漂亮的獠牙更让我兴奋。直到今天，我家里还挂着几对獠牙呢。我很乐意拿给您瞧一瞧。但我那时就已经没什么野心了，从没有军人的那种指挥军团的雄心。于是，我辞去职务、选择退伍。那时，我已领悟到了一点，那就是沉思的乐趣，远胜于行动的乐趣。"

巴克特劳特先生的措辞怪异而生硬，所描述的那个轻骑兵的形象，不禁让斯莱恩夫人觉得好笑。不过她很好地掩饰住了自己的情绪，没让对方察觉。她很快就相信了他从未有过军事抱负的说法。她觉得面前这个人很投她的脾气。不过，她想还是得让他回到正题上来。尽管对她来说，这样漫无边际的谈话是多么新鲜而奢侈，她太久没有享受过了。"不过现在，我们还是聊聊关于房子的事情吧，巴克特劳特先生。"她开口说道。好似在珠宝交接结束后，嘉莉重拾话题那样，她也再次摆出那副总督夫人的姿态。巴克特劳特先生不能继续有关猎猪的回忆了，得将思绪从灌木丛抽回到汉普斯特德，想想租房的事情。"我喜欢这房子。"斯莱恩夫人说，"而且很显然——"她笑着说。这一笑，总督夫人的姿态随之消失，"我们该谈谈正事，既然您同意我租这房子，那租金多少合适呢？"

他惊讶地看着她。很显然，他刚刚一直沉浸在猎猪回忆中，再次成了一名轻骑兵，完全忘了自己还是房东和经纪人。他把手指放在鼻尖上，请求斯莱恩夫人给他一点儿时间，让他斟酌一番。他似乎有些厌烦这一话题，看起来心不在焉。但还是努力拉扯着脑海中那根残存的"生意筋"，想理出点儿头绪来。在他的世界中，租金算不上什么重要的事情。斯莱恩夫人也是如此。因此，实在很难想象两个如此不相干，但又恰好凑到一起的人，该如何商定租金。"租金嘛……租金……"巴克特劳特先生咕哝着，此时好像在竭力回忆某个曾经学过的外语单词,却怎么也想不起来。

这时,他恍然惊醒。"没错,租金,"他说,语调相当轻快,"您打算按年租吗?"短暂追忆了过去的五十年,做轻骑兵时的猎猎岁月,他终于回过神来,恢复了正常的洽谈状态,"租期没必要超过一年。"他补充道,"您随时可以退租。这样也就不必麻烦您的继承人到场了。我相信,在这一认知基础上,我们能拟出双方都满意的协议。我喜欢这样,租客可以在短期内将房子恢复原状。撇开我个人对您的偏爱不谈——这份偏爱有些突然,您或许觉得有些奇怪——斯莱恩夫人。但我真的喜欢这样,我总是希望自己可以很快收回这栋特别的房子。仅从这一角度来看,您来租我的房子,是最适合不过的。当然,我还有其他考量角度——人这一生不可避免地会考虑各种因素——但出于利益考虑,我必须暂时无视它们。毕竟这些要素纯粹属于多愁善感——哎呀,我毕竟也是房东,而不仅仅是经纪人。请允许我期待一下,您现在租下了这栋房子,我则有幸可以和您共度愉快的下午茶时光,届时,我会非常荣幸向您这样一位善解人意的夫人,演示我的几个小小运算。不过现在要将这些设想放下。我们要讨论租金问题。"说话时,他一直踱着一只脚，回过神后才收回去。他颇为神气地歪头望向斯莱恩夫人。

他说得极其巧妙，又十分隐晦，斯莱恩夫人心想，租期确实没必要超过一年，因为我随时可能被装进一口棺材，抬出这栋房子。但假如他比我还先走一步呢？我的确年纪很大了，他同样也是一把老骨头。两个如此接近死亡的人，交谈起来还如此含蓄，实在有点儿可笑。人们总是讳谈死亡，尽管死亡已近在咫尺，沉重地压在他们心头。因此，斯莱恩夫人没有指出巴克特劳特先生论点中可能存在的谬误，只是说："一年一租的方式很适合我。不过，您还是没有回答我租金的问题，不是吗？"

巴克特劳特先生被问得尴尬不已。对既是房东，又是经纪人的他而言，这是一笔需要谈钱的生意。但他厌恶谈论这些，不愿看见自己的美好设想沦为金钱。此时，他下定决心让斯莱恩夫人租下这栋房子，缓缓开口道："嗯，斯莱恩夫人，请允许我反问您。您乐意付多少租金呢？"

他还在兜圈子呢，斯莱恩夫人想。他没有说："您付得起多少租金？"这简直像一场你来我往的击剑游戏，和两只求偶的鸽子绕着对方转圈没什么两样，想想真是荒唐可笑。要是亨利在场,早就抡起理智的斧子,将他们一一击倒了。不过,她还是挺喜欢这个古怪又矮胖的小老头,并十分庆幸自己当时拒绝了嘉莉的陪同,嘉莉和她的父亲简直是一个模子刻出来的,大概会强势地介入谈话,继而粉碎这层难得而自然的关系。这层关系就像一艘小巧而精致的玻璃小船,一旦脱离吹管,暴露在空气中,就会立即变得坚硬,但仍然不改玻璃脆弱的特性,甚至可能会被一个缥缈而刺耳的音符震碎。斯莱恩夫人退让了,她报了一个数目,结果数额过高了。巴克特劳特先生闻言立即砍掉了一半,可又显得太低了。

最终,他们还是达成了一致。他们的协商不同于常规的生意洽谈,却好似为他们量身定制。他们彼此都很满意,继而礼貌道别。

说来奇怪,嘉莉发现母亲对房子的事情只字不提。母亲的确去看了房子,见了经纪人,也确定要租下这栋房子。按年支付租金?嘉莉惊呼道:"要是有人出更高的价钱,那个经纪人翻脸不认人怎么办?"斯莱恩夫人只是淡淡地笑着说:"那个经纪人吗?他不会那样做的。"可是,嘉莉说:"经纪人不都极度贪婪吗——是,经纪人都贪婪——您得到什么保证没有?别到了年底,又得去另找房子。"斯莱恩夫人说："你没必要去担心这些，巴克特劳特先生不会如此行事。""可是，"嘉莉语气明显有点儿恼火，"那个巴克特劳特先生也得过日子吧，是不是？做生意可不是做慈善。那些房屋修缮和装修的事情也安排好了吗？"嘉莉问道。她转向另一个话题，已经完全无法掌控租房这件事情，也就放弃了，"是贴墙纸还是只刷涂料？还有屋顶会不会漏水？母亲到底有没有考虑过这些？"嘉莉多年来习惯于掌控母亲的所有决定，如今要忍受无能为力带来的焦虑，令人抓狂的压抑感层层叠加，但又无处发泄。她感到苦闷，因为无论如何，自己不可能凌驾于一位八十八岁的老太太之上，那样既不合理，也不正当。一切都让她感到无力，尤其当这位老太太暗示自己已经八十八岁，完全有能力处理自己的事务时，嘉莉更感如此。母亲如此突然地表明了自己坚决的态度，不留一点儿回旋的余地。现在，嘉莉确信自己彻底被排除在外，除了感到惊恐，什么也做不了。但她着实担心，眼看母亲陷入那可怕的混乱之中，如此义无反顾，不可挽回。然而此时，斯莱恩夫人出奇地平静，只说巴克特劳特先生已经承诺，会代表自己去联络好木匠、油漆工、水管工，以及家具商等。嘉莉完全没有必要担心,自己和巴克特劳特先生会把一切都处理好的。

成本预算呢?嘉莉觉得此时也不用再提了,母亲似乎正以一种决绝的方式,彻底去往另一个世界。在那里,理性不占主导,情感支配一切,只要话语动听,自我感受良好就足够。嘉莉非常清楚,那个世界与脚下这个星球大相径庭,而母亲早已身处其中,好比她对珠宝表现出的异常冷漠和迟钝。谁会像她那样,拱手让出五千甚至七千英镑的珠宝?又有谁会像她那样,不考虑分一份给嘉莉和拉维尼娅?更不用说伊迪丝了。可怜的伊迪丝,连一枚胸针都没分到。伊迪丝毕竟也是父亲的女儿。然而,母亲放弃了所有珠宝,好像它们只是一些废物。而现在,她又要喜气洋洋地把自己和钱包通通交给一个名字像鲨鱼、叫什么巴克特劳特的人手里。

嘉莉与家人们就此事儿议论纷纷。她不嫌冗长和啰唆,正迫切需要以此来抚慰自己的情绪。这也促进了他们兄弟姐妹间的团结。他们都很喜欢聚在茶桌旁——下午茶是他们最爱的一餐,或许只是因为这一餐比较省钱——没人介意一直讨论同一个话题,即便是反反复复地说着那几句一样的话。他们彼此倾听,脸上带着赞许的表情,时不时地点点头,仿佛听到了什么新的发现或启示。嘉莉和家人们不断地重复相似的对话，从互相肯定中获得莫大的安慰。一件事情说得多了，也就渐渐成了事实。他们仿佛身处危机四伏的荒野，为打造一道保卫安全的栅栏，努力用锤子敲下足够多的木桩。"母亲真了不起"，这是他们前几天的口头禅。现在，葬礼还没过多久，口头禅就迅速被"完了，母亲简直无可救药"这样的话取而代之。"完了，无可救药"，他们坚持不懈，一遍又一遍地重复着，在威廉和拉维尼娅居住的皇后大街，在嘉莉和罗兰居住的下斯隆街，在查尔斯公寓所在的克伦威尔路，还有赫伯特和梅布尔居住的卡多根广场，他们说得越频繁，就越显出他们的无能。他们拿这位温柔却无可救药的母亲毫无办法。她如此顺从，却又如此任性，彻底击碎了他们的掌控欲——她和她在汉普斯特德的房子，还有那位巴克特劳特先生。他们兄弟姐妹几人，没有一个人见过巴克特劳特先生。母亲不允许他们去见。就连嘉莉也被拒绝了，母亲谢绝了嘉莉用汽车送她去那里的提议。巴克特劳特先生如同一个隐形的怪物，不断在他们疑心重重的火焰上浇油。他成了"那个蛊惑了母亲的家伙"。他们甚至不用仔细思考就能预判，要是母亲没有随随便便就把珍珠、玉石、红宝石和祖母绿等珠宝传给赫伯特和梅布尔，那么以母亲毫无心机可言的头脑，肯定会在巴克特劳特先生的怂恿下，乖乖献上那些珠宝。这位巴克特劳特先生，对租约条件如此含糊其词，又在联络木匠、泥水匠、水管工、装修商这类事务上表现得格外殷勤——除了骗子，他还能是什么人。退一万步讲，那个家伙至少在盘算着回扣。霎时间，嘉莉和家人们感到自己被不祥的阴云笼罩着。

与此同时，巴克特劳特先生已聘请了戈瑟伦先生。

"您必须清楚，"巴克特劳特指点起这位可敬的包工头，"尽管斯莱恩夫人出身高贵，但家资有限。戈瑟伦先生，现如今贵族阶层的富裕程度，并非总如人们想象的那般。尽管那位绅士曾担任过印度总督和英国首相，但这并不意味他的遗孀手头宽裕。因此，戈瑟伦先生，我们这次务必以非常规的原则进行这次合作。我在此向您强调，您需得将预算控制在较低的水平，当然，也要确保您有合理的利润空间。我相信二者之间不会有太大的冲突，作为经纪人，同时也是这栋房子的所有者，我在这方面颇有一些经验。我将把这当作自己的事情，全权代表斯莱恩夫人审核您的报价。"

戈瑟伦先生向巴克特劳特先生保证，绝不会占斯莱恩夫人的便宜。

吉诺第一眼见到戈瑟伦先生，就对他十分中意。"这位先生真懂行，"她补充道，"比如说，他十分清楚该用多厚的窗帘布，墙壁分几次粉刷才不易沾上灰尘。我喜欢这样的干活儿风格，"她又说道，"活儿干得好，价格公道，还从不乱丢垃圾。"自从摆脱了嘉莉，吉诺和斯莱恩夫人便彻底解放了，她们与巴克特劳特先生、戈瑟伦先生相处得相当愉快。斯莱恩夫人觉得戈瑟伦先生的一切都十分顺眼，他看起来就令人心生敬意。他总是戴着一顶旧旧的有些发绿的圆顶礼帽，即使在屋里干活儿时，也没见他摘下来过。有时碰到斯莱恩夫人，他会象征性地抬一下帽檐，以示尊敬，然后迅速把它归回原位。他原本棕色的头发已经灰白，而且日渐稀疏。由于长期被帽子斜压着，他的头发显得有些凌乱，有单独几缕垂在脑后，斯莱恩夫人每每看到都觉得有趣，但戈瑟伦先生本人没空注意这些。他总是把一支铅笔头别在耳朵上。这支铅笔头很粗，笔芯很软，除了在木板上画记号，似乎也没别的用场，但斯莱恩夫人曾看到它被用来挠头。斯莱恩夫人很快瞧出这位戈瑟伦先生的特点来，对所有不经过他手的活儿，他总要挑剔一番。"这种装置真是太糟糕了。"戈瑟伦先生一边检查厨房炉灶的风门，一边喃喃自语。他总是设法暗示大家，这活儿要是由他来做，肯定会做得更好。不过，要是实在糟糕，那即使像他这样经验老到的人能够改善，也不能保证完全令人满意。戈瑟伦先生总是沉默寡言，尤其在巴克特劳特先生面前，表现得格外低调，不过偶尔也会与人痛快畅言。每逢这种时候，斯莱恩夫人都会特别高兴地倾听。比如，他曾表示对石棉屋顶的分段式平房的不满。"我真搞不明白，夫人，"他说，"那种房子一点儿都不美，人怎么能完全没有美感地生活呢。"戈瑟伦先生可以从一块刨得足够平整的杉木板中看到美，不过还是更喜欢橡木板，"真搞不懂，"他说，"有些油漆匠竟然能把木头纹理都给漆没了！"戈瑟伦先生不年轻了，少说也有七十岁，老派作风却可回溯至一百年前，甚至更久，"这些卡车，"他说，"快把墙给震倒了！"斯莱恩夫人想到亨利，一向积极开明的他曾在卡车上看到美，正如戈瑟伦先生在一块木工精良的木板上看到美一样。多年来，斯莱恩夫人一直努力追随亨利的脚步，欣赏卡车的美，而现在，她发现自己找到了一套更合心意的审美价值观。她可以与巴克特劳特先生、戈瑟伦先生一起聊天，消磨好几个小时，吉诺和他们一道，四个人俨然组成了一个团结稳定的合唱团。吉诺笔直地站在那里，牛皮纸围裙不时地发出吱吱的摩擦声。她一生几乎反对周遭所有人的原则主张，现在却以近乎爱慕的眼光，欣赏巴克特劳特先生和戈瑟伦先生。他们与夫人的那些子女如此不同，吉诺想，这既让人困惑，又让人欣慰。吉诺对他们满怀敬畏。二位老绅士似乎由衷希望夫人得到自己喜欢的一切，又能避免一切不必要的开支。吉诺试探性地问他们，是否可以在浴室里装一个玻璃架子，诸如此类。他们总会眨眨眼睛，默契地对视一下。"没问题，应该可以办到。"他们从不拒绝吉诺的建议。吉诺乐于看到夫人被这样对待——夫人无比珍贵，脆弱而无私，需要一种持续的庇护，以捍卫她永远不会为自己争取的权利。然而从来没有人这样待她。老爷固然爱她，总是保护她免遭各种麻烦（只是老爷对所有人都这样好），但也十分强势，以至于其他人自然而然地生活在他的阴影之下。她的子女们也爱她——至少吉诺这么认为，子女不爱自己的母亲，是多么难以想象的事情，即便他们已经年过六旬。不过吉诺时常无法认同他们对待夫人的方式。比如夏洛特夫人嘉莉，她这个人太过专横霸道，总是不分早晚，随时到访埃尔姆帕克庄园，这一点足以吓到一个胆小的老妇人。大多数时候，人们常能隐隐察觉到她话语间的不耐烦。在吉诺看来，除了伊迪丝小姐和凯少爷，其他子女都过于精力充沛。他们会不停地缠着夫人，说话声音又大，理所当然地以为夫人和他们一样有仿佛用不完的精力。有一次，斯莱恩夫人和威廉少爷要出门，她建议叫辆出租车，威廉先生却说不行，他们完全可以乘公共汽车。在门口等待他们出门的吉诺差点儿就从腰包里掏出十八便士，甩给威廉少爷。她最终还是忍住了，只是说了一句："哈，您把一位八十八岁的女士当成只有六十五岁的人啦，这可说不过去呀。"直到现在，她对这句略带讽刺的话还颇为得意。吉诺只比斯莱恩夫人小两岁。夫人要在雨天出门时，吉诺会在大厅里帮夫人穿好雨鞋，递上雨伞。吉诺总会愤愤不平地念叨，这简直是让夫人出去淋雨，太不像话了。从前的夫人可不会被这样对待，当年在加尔各答，夫人出门常常高坐在象背上，身后还有象夫撑着阳伞。吉诺有时会想，相比埃尔姆帕克庄园，自己还是喜欢住在加尔各答。

说到汉普斯特德，多亏巴克特劳特先生和戈瑟伦先生，这里终于有了一丝像样的氛围。这么说并非言过其实。这里没有副官侍从，没有王公贵族，一切都低调而温馨，人们恭敬有礼，个个充满亲和力，又保持着恰如其分的谨慎，一如它本该有的样子。在吉诺看来，巴克特劳特先生的举止令人尊敬。他看似有些古怪，实则是一位真正的绅士。他的想法独特而巧妙，做起事情来不疾不徐。有时，他还会突然从手头的事情中抽离出来，谈谈笛卡尔，或某种令人心安的图案。不过，他说的"图案"，可不是指壁纸上的某种花纹，而是一种意味深长的生活方式。戈瑟伦先生也是个慢性子。有时，戈瑟伦先生会将礼帽向上推一推，用铅笔头挠挠头，就当是对某个话题的回应了。他话不多，声音也低。他总在哀叹现代工业对传统手工艺的冲击。"都衰落了。"他惋惜地说道。他拒绝雇用工会的人，手下的几个工人，基本上都是他亲自培养的，因此大多也都上了年纪，吉诺有时真担心他们会从梯子上摔下来。说到这几个工人，吉诺认为他们参与了取悦斯莱恩夫人的"计谋"。夫人刚一踏进院子，他们便笑容满面地恭迎上来，摘下帽子致敬，争先恐后地搬开油漆罐。整栋房子都弥漫着一种悠闲自在的气氛，工程进度似乎相当可观。斯莱恩夫人每次来汉普斯特德，总会看到一些小小的惊喜。

巴克特劳特先生甚至会带来一些小礼物。他十分体贴，这些礼物简单而不贵重，斯莱恩夫人可以毫无负担地收下。有时礼物是一株放在花园的植物，有时是一个插有鲜花的花瓶，摆放在空房间的窗台上，闪耀着别样的光彩。"没办法，"他解释道，"只有放在这里合适，桌子和家具还没来得及置办呢。"斯莱恩夫人疑心，是他个人更喜欢那个窗台。他总是恰到好处地找准时机，在阳光正好照进窗户时，引着房客来欣赏这件礼物。斯莱恩夫人曾试着捉弄他，故意迟到半个小时。有一次，他发现斯莱恩夫人肯定要迟到了，跑上楼去，把花瓶挪到阳光下。结果，地面上的一小滩汗渍暴露了他。通过这样的"试探"，斯莱恩夫人证实了自己的猜想，感到十分有趣。她由衷感叹，人一旦老了，只需一点儿小小的快乐，就能如此满足。尽管她常感疲惫、虚弱，似乎随时都会驾鹤西去。但她还是会和巴克特劳特先生他们玩着这样小小的游戏，从中获得一点儿真切的喜悦。这就像在逐渐微弱的乐声中跳小步舞，也许稍显造作，却格外真实，那是在和子女相处时从未有过的真实。造作的只是表面的形式，而真实的感受存在于内心。当一个人受到发自真心的尊重，礼节便不再是空洞的造作，而是一种得体而含蓄的优雅，一种可以传达深切情感的方式。

他们三人都太过老迈，已然失去了敏锐的洞察力、竞争的意愿，也无法再成就什么事业。于是他们重新跳起那古老的小步舞，绅士以鞠躬来表达对女士的殷勤，女士则轻挥折扇，扇起的微风甚至不足以吹起她的发丝。年轻时美好的日子一去不复返；那可以突破界限的感知力，也早已消失殆尽；那如同从金属铸炉中倾泻而出的热情，早已不复存在；那曾因复杂且矛盾的欲望而撕裂的心，如今也已老去。一切都已成过眼云烟，如常的景物失去了往日的神采，只留下褪色的记忆。不必言语，只是轻轻挥手，什么也没有留下，也什么都留不下。

巴克特劳特先生依旧不时地带些小礼物来。斯莱恩夫人最喜欢的礼物当属鲜花。她渐渐发现，巴克特劳特先生有不少天赋，比如，颇为擅长插花。他运用色彩和造型的手法相当大胆，且总能营造出一种令人惊艳的效果。整件作品——是的，作品——如同一幅静物画，而不是一件简单的花卉摆设，散发着任何绘画都无法比拟的勃勃生机。插花作品被摆放在窗台的阳光下时，显得格外耀眼，与周遭光秃秃的木板和灰泥墙壁形成鲜明对比，那光亮的质感仿佛来自花朵内部，而不是外部光线的简单折射。巴克特劳特先生的创造力从不枯竭：这周的插花可能像吉普赛人一样热情奔放，主要选用蓝色、紫色和橙色的花朵；到了下周，他又会创作出一件像粉彩画一样淡雅的作品，以玫瑰色和浅灰色为主，略带一点儿黄色，用羽毛状的碎花稍做点缀。斯莱恩夫人本可以做一位画家，自然懂得欣赏他的作品。她说，巴克特劳特先生是一位真正的艺术家。即便是一向讨厌在屋子里摆放鲜花的吉诺——因为花瓣会掉落在桌子上，到最后不得不扔进废纸篓，弄得一片狼藉——有一天也评论说："先生应该做一位花店老板。"

渐渐地，看到自己的努力被欣赏，巴克特劳特先生愈发用心地准备礼物。除了花瓶中的花，他还会准备一小束花，让斯莱恩夫人别在肩上。他第一次这样做的时候，斯莱恩夫人还遇到了一点儿小麻烦，不想让这位老先生失望，在那些蕾丝饰带、褶皱布边中摸索了半天，却没能找到别针。从那以后，巴克特劳特先生总会将一枚大号的黑色安全别针，牢牢地刺过包裹在花茎上的那层银纸。斯莱恩夫人则会乖乖用上，尽管她还明智地自己备了一枚。他们彼此谦让、互相体谅，两个人的关系愈发亲密、默契。

有一天，斯莱恩夫人问巴克特劳特先生为什么如此费心，不仅帮忙找来了戈瑟伦先生，还在估价上把关，监督工作中的所有细节。按惯例，经纪人可不管这些事情，即便是经纪人兼房东，也没有义务做这些事情。巴克特劳特先生登时变得严肃起来。"我一直在想，斯莱恩夫人，"他说，"您是否会问我这一问题。我很高兴您最终还是问了。我一向讨厌有误会，喜欢打开天窗说亮话。您说得对，这不是惯例。这么说吧，我之所以这样，是因为我闲来无事，几乎是一个无所事事的人，您要是不反对，我会很感激您为我提供的这份消遣。"

"当然不反对，"斯莱恩夫人微赧但异常坚定地说，"但这不足以成为您如此费心的原因，它无法解释您为何如此为我的利益着想。您看，巴克特劳特先生，您不仅帮我监督戈瑟伦先生——事实上，他是我见过的所有工匠中最让人放心的，而且从一开始，您就竭力帮我节省开支，的确，我承认自己并不熟悉这些具体的事务，"她扬起一抹迷人的微笑，说道，"但我毕竟也见过世面，知道生意可不是像您这样做的。此外，我女儿夏洛特……算了，还是不提她了。事实上，我依旧十分困惑，好奇您这样做的真正原因。"

"我希望您不会认为我是个傻瓜,斯莱恩夫人。"巴克特劳特先生非常认真地说。话毕,他犹豫了一下,仿佛在思考眼前的人是否值得信任。思忖片刻,他还是按捺不住,滔滔不绝地说起来。"首先,我不是傻瓜。"他说,"我也并非一个天真的老头。我厌恶天真以及所有与之相关的无稽之谈。我对那些装模作样、声称世界并非如此的人,只有不耐烦。斯莱恩夫人,这个世界是如此可悲,可悲得令人恐惧。它完全建立在竞争性的博弈之上——事实如此,人们甚至不清楚,这种博弈是一种约定俗成的法则,还是一种现实需要;是一种非同寻常的错觉,还是一种生命法则?又或者,它是某种动物法则,文明最终将我们从中解放。就目前而言,斯莱恩夫人,人类所有的计算都基于同一个数学体系之上,而我认为,这一数学体系从根本上就是错误的。那些计算,纯粹为了符合他们自己的意志和偏好,迫使他们的星球接受他们所设定的前提,不停地向其中填塞。虽然用其他法则来判断,这一答案依然无误,但这一前提实在疯狂——足够独特,无比疯狂。也许有一天,真正的文明会降临,并在我们所有的答案上,写下一个大大的'错'字。但是现在,我们还有很长的路要走,长路漫漫啊。"

他摇摇头,一个脚尖轻轻点着地,缓缓陷入了沉思。

"那么,在您看来,"斯莱恩夫人发觉自己不得不把巴克特劳特先生从沉思中唤醒,开口道,"那些反对这种非同寻常的错觉的人,是在推动文明进步吗?"

"是的,斯莱恩夫人,我相信事实的确如此。但在目前这个世界中,这是一种奢侈,只有诗人或老年人能尝试推动文明进步。当年我辞去军职后,开始涉足生意场。那时我非常强硬。'强硬',没有比这个形容更贴切的了。我表现得越强硬,越能赢得别人的尊重。事实如此,没什么比让他人觉得你是个强大的对手,更能迅速获得尊重。从长远来看,想要赢得他人的尊重,其他方法或许也行得通。但抬高自己的姿态,迫使他人接受是个捷径。反之,如果摆出一副谦逊随和的姿态,时时刻刻体谅对方,或者在一些细节上吹毛求疵,那都行不通。他们不会把你当回事。斯莱恩夫人,您要是见到早年和我共事的伙伴,他肯定会告诉您,当时我是一个十足的主宰者。"

"那么,最终是在什么时候,又是因为什么,让您放弃了这些铁血手腕呢,巴克特劳特先生?"斯莱恩夫人问。

"您怀疑我在自吹自擂吗,斯莱恩夫人?"巴克特劳特先生看着她说道,"我说这些,只是为了表明一点,天真绝不是我的弱点。正如我所说,您决不能认为我是一个傻瓜。怎么就放弃了铁血手腕?说来也简单,我给自己设定了期限。我决定六十五岁时远离生意。更确切地说,就在我六十六岁生日那天一早,我醒来时已经是个自由人。对我来说,生意是一种规律性的实践,但不是我的本意。"

"那这栋房子呢?"斯莱恩夫人问,"您曾说三十年来,常会拒绝不合眼缘的租客。那肯定是出于您的本意吧,不是吗?毕竟它算不上是生意吧。"

"哈。"巴克特劳特先生说着,又将手指放在鼻尖上,"您实在是敏锐,斯莱恩夫人,记性真好。但请别对我太苛刻了。有关这栋房子的事情,算是我的一个小小的愚蠢之举。不过,它或许算是个明智之举?我还是表达精准些比较好。我想,斯莱恩夫人,您有点儿喜欢嘲讽人。我无意冒犯,只是想说,如果不被女士们揶揄几句,我们就有把自己看得太重的危险。您瞧,我一直有一个美好的愿望,希望在这里度过余生。所以我自然不希望这里的氛围受到哪怕一丝一毫的破坏。您可能注意到了——您肯定注意到了——这里奇妙地充溢着一种既成熟又超然的氛围。我对此一向小心保护，虽然无法营造某种氛围，但我至少可以保护它免受侵扰。"

"但如果您想独自住在这里，呃，在这里终老，"斯莱恩夫人说着，看到他举起一只手，似乎正要纠正她的措辞，"那您为什么又把房子租给我呢？"

"哦，斯莱恩夫人，我想您的租约不太会影响到我的打算。"巴克特劳特先生用轻松而略带歉意的语气说道。

尽管巴克特劳特先生言语间充满敬意，但事实确实如此，他不会感情用事。斯莱恩夫人的租房需求是短期的，他对此并不讳言。为斯莱恩夫人整修房子期间，他会直接阻止不必要的开支，理由是不值得，那些东西不太可能派上用场。在斯莱恩夫人提到中央供暖时，他提醒她，这毕竟是她最后的住所，这种装置用不上几个冬天。"不过，您想得也没错，"他并非毫无同情心，又补充道，"如果条件允许，没理由让自己过得不舒服。"吉诺无意中听到了这些话，愤愤不平之余，甚至搬出宗教信仰来反驳。"所以先生认为天堂没有取暖器吗？看来我们的上帝有点儿落伍了。"巴克特劳特先生依然坚持己见，认为油灯足以供暖。一个冬天也消耗不了多少加仑的石蜡，他算了算，成本远比安装暖炉子、铺设穿墙管道低得多。"但是，巴克特劳特先生，"斯莱恩夫人有点儿不平地说，"作为房东和经纪人，您不该鼓励我安装供暖系统吗？想想看，这对下一个租客有多大的吸引力。""斯莱恩夫人，"巴克特劳特先生说，"我从不考虑下一个租客，现在就是现在，将现在和未来分开，始终是我的生活准则。我因此才能始终保持人际关系的清晰界限。我对'清晰'有一种近乎信仰的执着。我憎恨含糊不清，然而大多数人都在犯这一错误，一辈子都挣扎在含糊混沌的关系中，结果谁都没讨好，自己也不痛快。他们总在妥协，而妥协实际上是否定一切。我的原则是，无论冒犯多少人，与其勉强取悦多数人，不如尽心让一个人快乐。我这辈子得罪过不少人，但没有一次令我后悔。我相信活在当下更重要。斯莱恩夫人，生命稍纵即逝，趁它还未溜走，我们要竭力抓住它的尾巴。不要去回忆昨天，也不要忧虑明天，那毫无意义。昨天已经过去，而明天不过是个未知数。天知道，即便是今天也充满了不确定性。因此，我晓谕您，"巴克特劳特先生说，他又搬出那套《圣经》式的论调，用一个脚尖轻轻点地，"不要装中央供暖系统！因为您自己也不知道还能享受它多久。就让我的下一个租客去地狱取暖吧。我还是建议您买油灯取暖，几盏就足够了。它们足以在您离开之前供您取暖，不过您可能需要经常更换灯芯。"他换了只脚点地，颇为夸张地拍了拍礼服后摆。戈瑟伦先生在一旁十分尴尬，连忙往下压了压帽子。

斯莱恩夫人发觉，自己的租期被赋予了一种超乎寻常的执念。原因有两点：首先是巴克特劳特先生对她年龄的评估，其次是他对末日将至的预言。他谈起这一话题时，严肃而投入，完全无视在场的吉诺和戈瑟伦先生。他们聚在一起，无非想商量橱柜或是墙壁粉刷的事情。比如板材的选择，涂料用什么颜色，庞贝红、石头灰、橄榄绿、嫩虾粉……但巴克特劳特先生对此没什么兴致，总是草草敷衍。他的注意力正集中在"永恒"这件大事上，此外的一切都是干扰。他最多能和另外两个人聊五分钟，不会更长了。他旋即开始取笑戈瑟伦先生，说戈瑟伦先生量尺的长度因房间而异，还要取决于房间的南北或东西走向；他还会讥讽吉诺，说她的搁板永远无法搁得出真正水平，因为整个宇宙都基于一条曲线。这些话让吉诺和戈瑟伦先生苦不堪言。除了感到莫名的敬佩，他们只能呆呆地站在那里。戈瑟伦先生的帽子都快压到鼻尖了。巴克特劳特先生察觉到他们的无措，莫名产生一种施虐的快感。他知道，这里有一个真正懂得欣赏他的听众：斯莱恩夫人。他双脚稳稳地站立着，继续自己的发言。"你们也许知道，"他站在一间未完工的房间里说道，粉刷工也不得不停下手头里的活计，听他讲话。"目前至少有四种末日理论：大火、洪水、冰冻，以及撞击。当然还有别的说法，但它们缺乏科学性，难以自圆其说，因此大可忽略不计。此外，还有数字预言的说法。就我个人而言，数字是整个宇宙永恒和谐的基础。我是一个坚定的毕达哥拉斯主义者。数字存在于虚无中，无法被毁灭。我们可以想象宇宙的毁灭，但无法想象数字的消失。我如此强调这一点，并不是说自己天真地赞同巴比伦人的那个神圣数字——一千二百九十六万——也许你们知道这一数字；也不意味着我赞同威廉·米勒的加减计算，断定世界将于一八四三年三月二十一日终结。我有自己的一套运算体系，斯莱恩夫人，我可以向您保证，那伟大的毁灭已近在眼前。这虽然令人痛苦，但无可辩驳。"巴克特劳特先生转过身，踮着脚尖，快速走到墙边，拿起一个粉笔头，一笔一画地写下几个超大的符号：$P\Omega MH$。一位粉刷工跟在他身后，小心翼翼地用刷子把它们擦掉。

"可是在此之前，夫人，"吉诺说，"我的搁板该怎么办呢？"

*

斯莱恩夫人从未如此快乐。二位老先生的陪伴让她备感欢欣。她曾经周旋于那些所谓的聪明人、大人物之间。她有自己的角色要扮演，要去迎合他们的谈话。那些难免要与世俗事务打交道的日子里，她学会了把原本难以记住的零散信息拼凑在一起。这让她时常想起遥远的少女时代。那时的她，脑海中的知识结构还存在巨大的漏洞：当人们提到爱尔兰问题和妇女解放运动时，她总是一头雾水；自由贸易和保护主义，则像两块特别的绊脚石，她永远无法清晰地区分。尽管她曾因此向人请教过不下十几次。在亨利面前，她总是费尽心思地掩饰自己的无知。她做得还算成功。当亨利谈起那些错综复杂的政治纠葛时，她会假装漫不经心地附和几句，而亨利丝毫没有怀疑过妻子的外行。她感到苦涩，暗自羞愧难当，但又能如何呢？没办法，是的，她对此无能为力，她就是弄不清阿斯奎斯先生为什么会敌视劳合·乔治先生，也记不住英国工党——这个令人畏惧的新兴政党，究竟有着怎样的政治目标。她唯一能做的便是掩饰自己的愚笨，但就是力不从心。为了做出一个得体的回应，她在脑海中拼命搜索七零八落的记忆，搜罗合适的词句。在巴黎那几年，她更是为此备受折磨。法语交谈的精妙之处（尽管她对此由衷钦佩）常常让她感到无所适从。她可以静静地端坐在那里，听上几个小时那些如同花火般绚烂的短句和格言，惊叹于他人总能把生活的方方面面浓缩成精辟词句的神奇能力——对她而言，这重要的能力需得用一生去思考。然而，这份静谧的欢愉总会被打破，在某个时刻，一些客人会出于客套转向她，抛来一个她接不住的问题："大使夫人，您怎么看呢？"她为此感到恐惧，虽然在内心深处，她自觉比他们更能理解他们讨论的内容。因为这些人的谈话主题，总是她最感兴趣、略知一二的部分，但她能完美表达出来吗？她曾尝试表达，但总是讲得含糊不清，抑或言不尽意，坐在一旁的亨利看着妻子的可怜样，暗自尴尬。不过私下里他却体贴地说——尽管不常说——妻子是他认识的最聪慧的女人，虽然不善言辞，却从没说过一句蠢话。

　　斯莱恩夫人时常祈祷，这样的痛苦她一个人知道便好，不要让任何人察觉，无论是亨利，还是那些在座的宾客。她为自己的无能感到羞耻，她知道自己存在很多不足，比如她不会开具支票，不会转换、填写正确的数字金额，记不得画上只限于转账的平行线，还常常忘记签名。她还无法理解什么是公司债券，分不清普通股票和延期付息股票的区别。诸如牛市、熊市、买进新股、期货溢价等奇特的金融概念，让她如同置身于满是野生动物的马戏团。她猜想这些东西一定至关重要，正是它们推动着世界的运转。她猜想，党派政治、战争、工业和高出生率（她后来学会了称之为劳动力）、竞争、秘密外交、猜疑等，全都是一项必要游戏的重要组成部分。毕竟，她认识的那些顶尖聪明的人都将它当作生意。不过，对她来说，这只是一项无法理解的游戏。她猜想事实应该如此，时常感觉那些图标、符号、数字等在眼前飘荡，自己仿佛置身可怕而荒谬的梦境。这一可悲的体系仿佛建立在某种特殊而晦涩的协议之上，像货币理论一样让人费解。有人告诉她，货币的发行量与黄金的实际供应量毫无关系，仅仅是在某种偶然的情况下，人类选择黄金而非石头作为货币符号。接着又是出于某种偶然，他们选择冲突而非友善作为生存原则。如果当时人类选择了石头和友善，这一星球也许会变得更好，多么简单的解决方案，但很明显，这一星球的居住者没有意识到。

斯莱恩夫人的子女们在成长过程中受到同样的社会观念影响。斯莱恩夫人无力改变这一点。他们一路拼搏追逐，从不满足于现状。赫伯特总在说教，野心勃勃，喜欢咬文嚼字；嘉莉总是一副盛气凌人的管理者姿态，说话严厉刺耳，热衷于干涉那些不想被干涉的人。斯莱恩夫人对此深有体会。查尔斯总是满腹委屈、牢骚不断。至于威廉和拉维尼娅，他们最爱金钱，总是锱铢必较、精打细算，这就是他们的生活重心。这些子女既谈不上友善，也毫无优雅可言，丝毫不懂得尊重他人的隐私。只有伊迪丝和凯，能令她感到些许安慰：伊迪丝总是头脑混沌，尽管她试图厘清每一件事情，却越理越乱。伊迪丝习惯于退人一步，以为这样就可以看清生活的全貌，却始终不明白，那是一件根本不可能的事情。伊迪丝一直困扰、不安于此（不过，这种不安或许值得称赞）。在斯莱恩夫人所有的子女中，只有凯痴迷于罗盘、星盘之类的东西。他不太努力，也无心拼搏。他一进家门，就会拿着一把毛掸，在架子边徐徐拂拭。也许在那样的时候，他对"自我"这一实体有着某种强烈的感知。凯和伊迪丝是她最亲近的两个孩子，不过这是一个秘密，一个她不会为外人道，将带进坟墓的秘密。

斯莱恩夫人一直是个孤独的女人，一生都与严加恪守的各式教条格格不入。她偶尔会遇到一些与自己精神契合的人。曾经有一个年轻人，陪他们一同游览了法塔赫布尔西格里古城。至于那个年轻人的名字，她已忘记，也或许从未知晓。她曾和他匆匆对视一眼，便立刻慌了神。她连忙假装随意地走开，重新回到总督大人和一众顶着烈日的官员行列中。这样的邂逅并不多见。况且，受限于她所处的环境，这种相遇总是十分短暂。不过她始终坚信，精神契合的灵魂不在少数，它们只是被厚厚的世俗准则所包裹，以至于无法碰撞出那本来清晰的回响。与巴克特劳特先生和戈瑟伦先生在一起时，她感到无比放松。她可以和巴克特劳特先生坦言，自己搞不懂税率和税收，而不觉得尴尬。她也可以告诉戈瑟伦先生，自己分不清伏特和安培的区别。他们也从不试图说教，只是告诉她，这些事情她不必费心。她便放心地走开了，深知自己可以绝对信任他们。

说来奇怪，二人的这种陪伴，这种让她感觉释然与抚慰的友谊，究竟是因为年迈带来的疲惫，还是一场期待已久的童年回归呢？所有决定和职责仿佛都可以交给别人，眼前的世界无拘无束，充满了阳光、善意和仁慈。她想，如果能重返年轻，自己一定要保持沉思，寻求内心的平静，而不是像过去那样，在拼搏进取与虚伪狡诈之间汲汲营营——对，就是虚伪，她在心里喊道，一手握紧拳头，重重打在另一只手的手掌上。她旋即又开始反思，试图纠正自己的想法，思考刚刚的念头是不是一种消极的信条，是对人生的否定，甚至只是活力不再的坦陈。她最终得出结论，这并不是错误的想法，因为在沉思中，在对从前不得已放弃的爱好的追求中，她才能探查到真正的幸福，比她那些囿于行动和结果的子女活得更加真实自在。

她还记得曾和亨利一起穿行波斯沙漠，成群的蝴蝶护送着他们的马车。黄白相间的蝴蝶在他们的身侧和头顶飞舞，它们时而并作一团飞向前方，时而飞回他们身边，玩耍般克制着轻快的翅膀，努力跟上这辆笨重的交通工具的步调，却难以保持始终如一的节奏。它们不时飞升到空中，释放它们焦躁的情绪，又或俯冲到车轴之间，赶在马匹另一侧的蹄子落下之前，从对侧齐刷刷地飞出。它们在沙地上投下小小的影子，好似一个个黑色的锚，被隐形的绳子牵引，被同样变幻无常的迅捷力量拖拽着，不得不一路跟随。她记得当时自己曾想，这次旅程真是单调而乏味，从黎明到黄昏，他们就这么跟着太阳移动，像一把缓慢的犁，沿着一条笔直的犁沟，绕着世界一圈一圈追着太阳——她不禁陷入沉思，这好像她的人生，一直跟随亨利·霍兰德这个"太阳"运行。但偶尔也会有一群蝴蝶闯入她的生活，那些蝴蝶就是她看似离经叛道、漫无边际的想法，恣意飞舞着，却丝毫不会影响前行的步伐。它们忽隐忽现，轻巧地躲闪着，从不让翅膀碰到车壁。它们有时会冲到前方，又很快飞回来玩耍、炫耀一番，在车轴之间任意穿梭，这些蝴蝶过着独立而可爱的生活。这时，一群脏兮兮的小孩从沙丘那边飞跑过来，围住了缓缓行驶的马车。本意就是调查民情的亨利说："这些孩子得了可怕的眼疾，我们必须做点儿什么。"亨利说得没错，他会和传教士们沟通有关事宜。她此刻也必须把注意力从蝴蝶身上移开，暂时回到自己应尽的职责上。她决定等他们到达亚兹德或设拉子，或者其他什么地方时，带上传教士们的妻子去村里调查眼疾的情况，并安排人从英国运来一批这里所需的硼酸。

然而，奇怪的是，那些翩翩飞舞的蝴蝶总在她的脑海中萦绕不散。

她的内心一片宁静,
街市喧闹,人潮拥挤;
她双手不紧不慢,
脚下不慌不忙。

——克里斯蒂娜·罗塞蒂《新娘之歌》

Chapter 2

她终于可以静静地躺下,
倚靠死亡,审视自己的一生。

夏末，斯莱恩夫人静静地坐在南墙边的桃树下，沐浴着汉普斯特德的阳光。熟透的桃子映着她的脸庞，她回忆起和亨利订婚的那一天。如今，她每天都有充足的闲暇时光，丈量自己长长的一生，过往如同一块横贯的土地，零落的田野与岁月共同构成一幅完整的风景画。她可以纵览全景，也可以任选一块土地，故地神游。追忆往日时光的过程像极了从高处俯瞰，一块块土地安然有序，树篱围拢其间，经由树篱间的缺口，又可通向下一片田地。她想，终于可以把一生完整串联在一起了。她任由思绪在那一天徐徐漫游，仿佛独自穿过一条田间小径，酢浆草和毛茛花在两侧随风摇曳。她走得很慢，从早餐时分到就寝时刻，时光缓缓流逝，时钟的指针一根根交叠而过，为她重现那些旧日场景：这时是我当天第一次下楼，轻挥帽子，丝带也随之摆动；这个时候，亨利说服我去花园聊天，我们一起坐在湖边长凳上，他告诉我天鹅拍打翅膀的力量并不足以使人腿骨折断。我听他讲话，视线却渐渐转到天鹅身上。天鹅从对岸缓缓游来，弯下长颈，用喙轻点水面，然后略显烦躁地梳理着胸前一簇簇雪白的绒毛。斯莱恩夫人心中所想的不全是那只天鹅，主要是亨利脸颊上细软的胡须。思绪两下交织，以至于她很好奇，亨利的棕色卷发是否像天鹅胸前的绒毛一样柔软，甚至差点儿伸出闲着的手去摸一摸。就在这时，亨利不再讨论天鹅，刚刚的开场闲谈仿佛只是为了掩饰他的犹豫不决。亨利正了正身，愈发认真地开口，态度认真而恳切，甚至微微倾身，不自觉地伸手抚摸她的裙边。他好像有些急于建立起二人之间的某种关系，却全然没有意识到自己过于急切。但对斯莱恩夫人而言，二人之间真实而自然的关系在亨利迫切想要表达些什么的瞬间开始，已经断裂。她本想伸手去触摸他的卷曲胡须，此时已经毫无兴趣。他必须大声且诚恳地说出那些话，才有可能凸显其分量。那些话似乎产生自他内心深处某个严肃而隐秘的地方，属于成年人庄重而成熟的世界，但也是那些话，把他带离她的身边，速度之快，甚至超过老鹰的飞掠。他已经离开了她的世界。即使她此时还在专注地看着他的面庞，认真倾听他说出口的话。但她知道，他已经完全远离她的世界，已经远远地狂奔向另一个世界：结婚、生子、养育儿女、使奴唤婢、缴纳税款、了解股息收益、在年轻人面前故弄玄虚、为自己的决断负责、凭喜好饮食、随心休息入睡。亨利·霍兰德先生正在邀请她进入那个世界,请求她成为他的妻子。

这显然不可能,在她看来,这一想法太荒唐了,她与霍兰德先生绝无可能。其他人或许可以,但绝不会是他。她知道他非同一般,注定要开辟一番广阔而精彩的事业。因为她曾听父亲说过,年轻的霍兰德很快会被任命为印度总督。而此刻,他正在向她求婚,这意味着她会成为总督夫人。一想到这里,她就像一只受惊的小鹿,转头瞥了一眼霍兰德先生。谁知霍兰德先生沉醉于自己的心意,误解了那目光。他把她拥到怀里,热烈地吻了她,但嘴唇还算克制。

这个可怜的女孩能怎么办?她还不知道到底发生了什么,她的母亲就已喜极而泣。她的父亲将手搭在霍兰德先生肩上轻拍。她的姐妹们不停地问是否可以做伴娘。霍兰德先生则笔挺地站在那里,微笑着不发一言,一副春风得意的模样,轻鞠一躬起身后,略略侧头看她,那神情仿佛在说:瞧瞧,这个可怜的少女就要属于我了。转瞬之间,她好像完全变成了另一个人,或者还没有?她没有察觉到自己内心的转变,不然她会清楚如何去应对那些笑脸。她觉得自己还是从前那个少女。但此刻，所有的事情都在征求她的意见，这从未发生过，她因此感到害怕，于是慌忙要把决定权交还给他们。她不想改变。于是借此，尽力地拖延时间。她想继续做她自己，哪怕只是一小会儿。

然而，真正的自己到底是什么样子呢？此时，一位老妇人略带困惑地回望着少女时期的自己。这番消遣式的追忆极尽温柔，也略带惆怅，但完全不流于悲伤，可算作是人生最后，也是最终极的奢侈放纵。为此，她已等待了足足一生。在这段死亡前的缓冲期，她要完全纵容自己去沉湎追忆。反正她也无事可做。这是她平生第一次，不，是结婚以来的第一次，没有什么需要忙碌的时间。她终于可以静静地躺下，倚靠死亡，审视自己的一生。此时，空中辛勤的蜜蜂正振翅飞翔，发出微弱的嗡嗡声。

依稀间，她仿佛看见一个少女在湖边漫步，那俨然是从前的自己。她踱着步，把玩着手里的帽子。她沉思着，眼眸低垂，一边走，一边用遮阳伞的伞尖戳着海绵似的泥土。荷叶边薄纱裙轻柔地随风摆动，一头卷发有如瀑布，其中一缕头发不听话地垂下，安逸地贴在她凝白的后颈上。她的身旁跟着一条卷毛西班牙猎犬，不时地跑到灌木丛边嗅来嗅去。这景象如同一幅雕刻版画，经常能在一些略显伤情的纪念物上见到。是的,那是年轻时的她,黛博拉·李,不是黛博拉·霍兰德,也不是黛博拉·斯莱恩。老妇人轻阖双眼,这反而使她看得更清晰。那个在湖边踱步的少女毫无察觉,老妇人已经将自己的整个青春收在眼底。这一切好似在鲜花绽放时,拾得一片沾着晶莹露水的花瓣,那花轻轻摇曳,纯洁又热切,心下时而热切,时而赧然,像极了羞怯的兔子,敏捷如树间呦呦鸣叫的母鹿,轻盈如时刻准备着登台的舞者,柔软芬芳如大马士革玫瑰,笑意好似喷泉一样绵绵不断——这就是青春,会在未知的起始线边迟疑不决,却也时刻准备着挺起胸,直面危险。老妇人凑近些去看。她看见少女那柔嫩的肌肤、纤长的曲线、深邃而闪亮的眼睛、不曾亲吻过的嘴唇、没有戒指的手指。她深切地爱着这个少女时期的自己,试图捕捉她的声音,但那少女始终沉默不语,仿佛走在一堵玻璃墙后。她如此孤单,那种沉思的孤独似乎是她本有的一部分。她的脑海中也许有很多想法,但可以肯定的是,那里既没有爱情,也无浪漫,也不存在通常归因于年轻人的任何情感。即使她心怀美梦,梦中也不会有年轻的亚当。再者说,斯莱恩夫人心想,我们不应该用单一的观念来定义青春,因为青春远比这更丰富。青春充溢着希望,热烈得足以燃尽河流,让世上所有的钟楼齐响。青春里不止有爱情,还有名誉、事业和天赋——这些都可能在一个年轻人心里跳动,敲打着他的心弦,谁又知道呢?让我们暂且迅速退到塔楼上,看看她内心的天赋会否显露出来。但是,哎呀,斯莱恩夫人想,在一八六〇年,一个少女想要获得一点儿名誉,可真是太难了。

斯莱恩夫人有幸能看透这个少女的心思,而这个少女正是曾经的自己。她不仅留意到那徘徊的脚步、偶尔的停顿、皱起的眉头,以及戳着泥土的太阳伞尖,还注意到了湖水中微微颤动的破碎倒影,也读懂了漫步中的少女的纷繁思绪。她一一梳理那些隐秘而肆意的念头。在她柔软的少女外表之下,涌动着肆意的念头,即使对一个野性十足的年轻人来说,那也是应该警惕的想法。这些想法事关逃亡和伪装、改名换姓、女扮男装,以及在异国他乡纵情游荡——这些密谋与一个男孩计划亡命大海的疯狂不相上下。她的卷发会被通通剪掉——一只手悄然上伸,抚摸着那在意念中被剪去头发后的光滑的头。三角披肩将被一件衬衣取代——手指转而摸索着给领带打结。那些裙子将会被丢开——这一次,她有些羞怯地将手伸向裤子口袋。少女的形象消失了,取而代之的是一个身形单薄的男孩。但那看似是个男孩,实际是一个性别模糊的生物,只是青春的化身和投影。他发誓永远放弃性别的愉悦和特权,去追求他那肆意的想象中,更加崇高的人生目标。简言之,黛博拉在十七岁时决心成为一名画家。

温暖的阳光照耀着墙边的桃树,也温暖着她那把老骨头。此时,太阳缓缓西沉到屋顶上方,她微微发抖,随即站起身来,把椅子拖到仍沐浴在阳光下的草地上。她追忆起以往的野心,从它那略显可疑的萌生,到逐渐稳固、一路滋长,像血液一样在她身体里流淌,不久又一点点被吞噬、消磨,直至荡然无存,尽管她曾竭尽全力让它存活下来。现在,她已经明白了那野心的真正面目,那是她生命中唯一有价值的东西。她曾拥有过很多现实。或者说,那是其他女人认为的有价值的现实——但现在,她想摆脱那些现实,去尽可能拥抱心底的这种超现实。它如此实在而坚定,想起它曾经是如何支撑她的精神世界,她感到无比快乐。她现在不仅是在自语中回味,更是在内心深处再次真切地感受。这种超现实具有强烈的普遍性,对这种超现实的渴求远不似追忆爱那般冰冷。她再次燃起和多年前一样的狂喜与兴奋。生活在那种喜悦的状态中是多么美好啊!如此美好、如此难得,又如此值得!当时的她比一个见习期的修女还要敏锐、警觉，就像被一根结实的钢丝紧紧地牵拉着，稍经碰触就会颤抖。她像一位沉着而不失优雅的年轻创世神，各种各样的物象簇集在她的脑海中，在精神的底池中涌动，每一个物象都极尽浪漫、无与伦比。暗红色的斗篷、银色的宝剑，都不足以表达她澎湃的激情，它们既不够奢华，也不够纯粹。上天啊！她惊呼，年轻的血液再次涌流过她的身体，这才是值得过的生活！这是艺术家、创造者的生活，用心观察，纵情感受，只需寥寥一瞥，近处的细节与远方的天际尽可洞悉。她还记得墙上映出的影子会比那物体本身更让她高兴，也记得自己曾一边看着暴风雨来临前的天空，以及阳光下的郁金香，一边眯起眼睛，把它们与脑海中的各类物象联系在一起。

就这样，几个月来，她一直在紧张而秘密地生活，为再次创作做准备。尽管她未曾动笔，在画布上画些什么，只是梦想着自己已经身处遥远的未来。每当心中的火焰燃得渐弱，她便低落萎靡，由此揣测日常生活是多么怠惰平淡，火焰徒劳而渐弱的闪烁让她无来由地感到惊慌。火焰每每稍有萎靡，她就会惊恐地以为它要彻底熄灭了，永远不会复燃了，而她则要被遗弃在冰冷和黑暗中。她不曾想过，当花环般繁复的节奏再次席卷而来，光芒倾泻在她身上，那火焰就会重新燃起，温暖得像新升的太阳，炽热得像闪亮的星星。她会再次展翅高飞，稳稳地翱翔在天空中。她的生活就是这样极端，时而全神贯注，时而沮丧消沉。但这一切悄无声息，表面上没有哪怕一次灵光闪烁。

也许是某种本能在警告她，不要向任何人透露那些不合时宜的秘密。她十分清楚，父母对她的宽容是有限的。他们要是听到女儿的这些想法，会微笑地拍拍她的头，心照不宣地对视一眼，而后尽可能委婉地说："看看，我们漂亮的小鸟！当有一个风度翩翩的年轻人到来时，你就会迅速打消这些想法。"又或者，她是因为艺术家对隐私的珍视而保持沉默。她表现得温顺，在家时，会帮母亲跑腿、打杂，摘些薰衣草，用布包起来，做成一只只香袋，塞在床单下。她会给果酱瓶贴标签，给家里的哈巴狗刷毛。晚餐后，不必听人吩咐，她就会主动去做十字绣。不少熟人都很羡慕她父母有这样一个大女儿，已经有很多人看中了她，视她为儿媳的理想人选。不过，这个朴素庄重、长幼有序的家庭还暗藏着一股野心，这也是唯一的野心，毕竟黛博拉的父母人到中年，儿女众多，相比追名逐利，他们更喜欢悠然自得的乡村生活。但他们对戴博拉有不一样的期许：黛博拉必须嫁给一个好男人，最好是一个事业有成的男人，黛博拉也许还会对他有所帮助，给他增光添彩——那就更好了。当然了，他们没有对黛博拉说过这些话，强迫她接受这些是行不通的。

斯莱恩夫人再次站了起来，把椅子往前挪了挪，那里还有些许阳光。阴影开始蔓延，她感到一阵寒冷。

她记得，当时自己的大哥离开了家。他那时二十三岁，像每一个年轻人那样，到外面的世界闯荡。她有时会想，离家在外的年轻人都在做什么呢？她想象他们欢笑吵闹、自由自在行走的样子，他们在黎明时分穿过空旷的街道，大步走回家中，或者叫上一辆二轮马车，驾车去里士满。他们和陌生人攀谈，进出商店，去戏院和各式各样的俱乐部。他们被街角暗处喜好纠缠不休的女人搭讪，毫无顾忌地投入她们的怀抱。他们无论做什么，都一副漫不经心、逍遥自在的样子；回家后，也无须解释自己在外的所作所为。男性之间有一种基于共同自由的同舟共济的氛围。这与女性之间的气氛大不相同，女性之间少不了打探别人的隐私，甚至谈些有点儿低俗的琐事。但即使黛博拉意识到自己和哥哥的命运之间的差异，她也无话可说。哥哥有无数的机会和丰富的经验，她则略感局促受限。不过，如果哥哥可以选择求学，涉足法律界，并因此受到众人的鼓励和赞扬，那她为什么要如此羞于表达自己想成为画家的决定，只能被迫秘密地制订那个乔装逃跑的计划？肯定是有什么地方出现了偏差。但似乎每个人都无比一致地认同一点，以至于这一问题从未引起讨论，那就是：女性只能有一种既定的职业——婚姻。

这种认同是根深蒂固的，自霍兰德先生带着她离开湖边，去见她母亲时，她便深切地体会到了这一点。她一向是个受人喜爱的孩子，但从未像那时一样，受到人们如此热烈的赞许。她想到那些意大利的画作，画中天堂敞开大门，永恒的天父在犹如扇骨的金色光芒中央俯瞰众人。人们伸出手，希求在那仁慈的光辉中获得温暖，如同在火炉边烤火。现在，抛开别人不提，单单是黛博拉自己和父母也被赋予了那种神圣感，仿佛与霍兰德先生结亲是一种美德。而事实上，这只是满足了他人对她的期待：极大地满足了众人，还成全了她。她突然发现，自己被一大堆假设包围了。这些假设认定，在霍兰德先生面前，她会因欣喜而颤抖，而他不在时，她会萎靡不振；她（卑微地）存在的唯一目的，只是为了侍奉他去实现自己的抱负，并且坚信他是世上最了不起的男人，而她则是最受宠爱的女人，也深信每个人都会心甘情愿地宠溺她。这些假设如此一致，她几乎就要被说服，相信它们是真的。

这样也很好，有几天，她允许自己玩一些"假想游戏"。她想象自己能够毫不费力地摆脱困境，毕竟她这时才十八岁。受到赞扬无疑是愉快的，尤其是受到让人深感敬畏的人的赞扬。但不久后，她发觉无数像蛛丝一样的细线紧缠着她的手腕和脚踝，每根细丝的另一端都连接到某个人的心里。有她父亲的心，还有霍兰德先生的心——她学会了称呼他为亨利，但她不是很乐意。至于她母亲的心，那可能是一个火车终点站，许多闪亮的细线交杂在一起，消失在视野中：骄傲、爱、宽慰、母性的激动和女性对小题大做的热衷。黛博拉被细线束缚着，站在那里不知所措，不知道下一步该怎么办。与此同时，她感觉自己像"五月女王"一样傻乎乎的，彩色的饰带在身边缠绕飘扬，她看见远处地平线上，有人拖着一大堆礼物走来，他们聚拢到她身边，就像献上贡品的臣民：亨利带来了戒指——为她戴上戒指是无比重要的仪式；姐妹们带来了一个化妆包，那是她们凑钱买的；母亲带来足够装备一条帆船的亚麻布织物：桌布、餐布、毛巾（手巾和浴巾）、茶巾、厨房抹布、餐柜盖布、擦布，当然，还有床单。这些床单是双层的，上面都绣着一对字母组合图案，乍一看难以辨认,但仔细一看,黛博拉看清那是字母D.H.。从那之后,她就迷失了,迷失在丝绸、缎布、羊驼绒和府绸组成的泡沫翻涌的巨浪中。女人们跪在她身边,嘴里含着别针,她则被迫站着、转身、弯曲手臂、再伸直,然后被嘱咐从裙子里小心踏出,因为裙摆正被铺聚成圆圈状。不久,她又被告知必须再忍一下,把紧身胸衣拉紧些,因为衬里被裁得太小了。她当时总是觉得自己很累,而她们正是通过让她更累,来表达对她的爱。通过强调她应尽的义务,围着她转,直到她也搞不清自己是站着没动,还是正像陀螺一样旋转。时间似乎也加入了这场阴谋,不怀好意地缩短了日子,推着她匆匆忙忙地往前走,只留下暴风雪般的卡片和亨利每天在花店订购的白玫瑰。长期以来,年长的妇人之间似乎存在某种秘密,像暗流般涌动。黛博拉从她们那意味深长的微笑和眼神看出些端倪。她们仿佛在说:"省点儿力气吧,黛博拉,在这甜蜜的忙碌中省下些力气,好应对日后更大的挑战。"

事实上,婚礼前的几周俨然成了一种神秘的女权主义庆祝仪式。黛博拉从未被这么多女性包围过。她好像身处一个母系星球,男人则已经变得微不足道,亨利也不再重要。(不过,他就在那里,虽然是在幕后。她想,一位底比斯母亲在把女儿送到牛头怪之前,可能已经把女儿累坏了。)女人们从四面八方涌来:姨婶们、堂姐妹们、闺蜜们、女装裁缝、紧身胸衣店主、女帽店主,甚至还有一个年纪轻轻的法国女佣,她是专门服侍黛博拉的。女佣用惊奇的眼神望着自己的新主人,就好像她是一个被诸神嘉许过的人。在这些仪式中,黛博拉被赋予一个全新的期许,她将扮演一个最复杂的角色。她被寄予厚望,人们期望她知道这一切的门道,然而从未有人告她其中神秘的精髓。她将接受所有微笑的祝贺,但也必须被亲昵地称为"我的小黛博拉"!她怀疑这句话中本该有"可怜"这个形容词,但没有被说出,而是融化在长长的拥抱中,藏在告别时善意的语气里。哦,她想,婚姻让女人多么烦恼!可是,她转念又想,谁又能责怪她们呢?毕竟人们回想起来,婚姻是女人一生中唯一需要大力操办的事情,尽管旁观者比当事人更为激动,但也没关系。难道不就是为了实现婚配的功能,她们才被塑造、装扮(甚至浓妆艳抹)、教导——如果如此片面的事件可被称为教导——被保护、被蒙在鼓里、被暗示、被隔离、被抑制,这一切都是为了在某个特定时刻,她们被交付,或者把女儿交到一个男人手上,不是吗?

但究竟如何服侍亨利呢，黛博拉并不知道。这本是她的绝好姻缘，可带给她的只有焦躁不安。她只知道，一切是那么陌生。她觉得自己并没有爱上亨利。难道她要就此完全放弃她自身的独立存在吗？亨利爱她，但并没有人建议他放弃什么。恰恰相反，亨利娶到她，仿佛只是添了一件特别的收藏。他照常行事，与朋友共进午餐，前往自己的选区演讲，晚上则在下议院度过。他的生活一如往常。他依然享受男性独有的自由多样的生活。他可以不必戴上戒指，也无须改名，以表明自己身份的变化。每当他想回到家时，她必须在家等待，随时准备放下手中的书、报纸或信件。她必须准备好聆听他要说的一切，必须好好款待他的政界友人。无论他要去地球上的哪个地方，只要有需要，她都得同行。好吧，她想，他们就是路得和波阿斯，亨利一定觉得这很不错。当然，他也会按自己的理解，恪守丈夫的本分。当她在绣布上飞针走线时，他会歪着脑袋坐在她身边，含情脉脉地端详着她，说自己真幸运，能娶到如此可爱的一位夫人。虽然他作为英国内阁部长很有气势，但和妻子说话的口吻，同一位中产阶级或工薪阶层的丈夫没什么区别。而那时，她也会抬起头，向亨利报以微笑。尽管身居高位、受人仰慕，但他除了必要的社交礼仪，会无视那些对他有别样野心的女人的奉承。亨利对她忠诚，嫉妒的绿蛇永远不会从她眼前爬过。而他也会收获更多的荣誉与嘉奖，冠冕的小小黑影一直如影随形。可是在这样的情形之下，还能留给她一间画室的空间吗？

要是某个晚上亨利回家，看到的是紧锁的房门，那可不行；如果亨利急需墨水或者吸墨纸之类的东西，而夫人却正对着模特作画，那当然也是行不通的；要是亨利的总督任命下来了，得去某个遥远的殖民地，而不幸的是，他被告知妻子这位绘画大师希望留在伦敦，这也不可行；如果亨利还想添个儿子，而她近期只想把精力放在一门专业课程上，这想想都不可能。那种她与亨利享有平等权利的假设，在这个世界是行不通的。因为她的婚姻不授予她这种特权。

不过，婚姻的确也授予了她一些权利。黛博拉走进卧室，拿出自己的祈祷书，翻到"婚颂"那一章，它是为生儿育女而制定的——哦，这一点她很清楚。在她还没来得及捂住耳朵之前，就有个闺蜜一股脑儿地读给她听了。总的来说，它的制定是为了让女性对丈夫充满爱意，保持好脾气、忠诚和服从。在一个平静、节制、安定的环境下，蜕变为一个圣洁、虔敬的家庭主妇。其措辞是严谨的，甚至在某种程度上，也不无道理。可是，她仍然想问，在这一制度中，还留有一间画室的空间吗？

终于，她鼓起勇气，主动问了亨利，婚后是否会反对她作画。亨利一向很有风度、通情达理，此刻正深陷于爱河中。听到她的提问，他开怀地笑了笑："反对？当然不会。"他认为，女人有那种优雅的才艺再好不过，"坦白讲，"他说，"在所有凸显女性气质的才艺中，我最欣赏钢琴。不过，既然你有另外的天赋，亲爱的，那我们为什么不去施展它呢。"接着他开始展望，她可以在他们去往世界各地旅行时作画记录，还可以将这些水彩、素描作品集成册，供客人来时欣赏，那岂不是很令人愉快。但这有违黛博拉的初衷，她想的是更加严肃正经的创作。说这话时，她的心都提到嗓子眼儿了。亨利愈发开怀肆意地笑了笑，表示还有足够的时间去考虑这事儿，以后再说也不迟。不过对亨利而言，他希望黛博拉婚后找到更多其他消遣，帮她消磨时光。

她就这样实实在在地陷入了困境，感到有些抓狂。她很清楚他的意思，她恨他那朱庇特式的超然、冷漠与优越，恨他那看似温柔体贴，实则自以为是的臆想。而最可恨的是，她没有理由责怪他，他只是把自己有权享有的一切视为理所当然。于是，他加入了那些女人的行列，一起参与了一场无比普遍、看似无伤大雅的阴谋，骗取了她本来的生活。

她固然抱有天真幼稚的幻想，十分想去尝试些什么，又迟疑不决，但至少后知后觉地意识到这次谈话的重要性。她已经得到了答案，于是再也没提起有关作画的事情。

她并不是一个女权主义者。她很聪明，不会沉溺于这种殉道式的奢侈幻想。她和理想生活之间的鸿沟，无关男女差异，而在于实干家与梦想家的不同。只是恰好她是女人，亨利是男人。不过她承认：身为女人，境况的确更加艰难。

斯莱恩夫人又需要挪一下椅子。这次，她拖着它，走过半个小花园，才来到阳光下。吉诺隔着窗户看见她的身影，急忙拿来一块小毯子："可别冻着了，夫人。要是着凉感冒了，老爷该多心疼啊，他会说些什么呢？毕竟他总是那么牵挂夫人。"

是啊，她嫁给了亨利。亨利对她关怀备至，常常提醒她注意不要着凉。他确实尽最大可能去照顾她。说实话，她也一直过着免受辛劳的安逸生活。但这是她真正想要的吗？无论在英格兰、非洲，还是在澳大利亚，抑或在印度，亨利总会尽可能让她少些烦恼。也许这是亨利补偿她的一种方式，毕竟她为他放弃了独立自由的生活。也许——哦，多古怪的念头——亨利意识到她所牺牲的，远比他提供的便利更多。因此，他在有意无意间，试着用柔软的毯子和坐垫，闷死她的渴望与憧憬，犹如把一颗心打碎，又把它们捧到羽绒床褥上安睡。她的身边从不缺仆人、秘书和侍从。他们像船头上那些小小防撞垫，防止船只过于猛烈地撞向码头。事实上，他们对她的保护已经超越了本职范围，而纯粹出于对斯莱恩夫人的忠诚。他们竭力保护她。她是如此温雅而豁达，低调而柔弱。她的脆弱唤起男性的骑士精神，谦和则阻挡了女性的敌意。而她的美好心灵则为自己同时赢得了双方的尊重。至于亨利本人，他时常与那些漂亮又谄媚的女人寻开心，对她们也算有求必应，这总是让斯莱恩夫人感到痛苦。但在亨利眼中，世上没有哪个女人可与自己的妻子媲美。

她裹着这块仿佛是亨利亲手为她披的毯子，思量着他们的感情究竟有多密切。突然，一阵寒意袭来，斯莱恩夫人吓了一跳，这寒意不知是来自天气，还是来自心头。不过，这丝寒意神奇地带她回到过去。那时，她正密谋离家出走，想要献身于一种真正的生活。那种生活尽管会受到传统观念的谴责，但本质上，它保持最为苛刻而难得的独立人格的完整性。那时，她以一种冷静而清晰的思考直面人生。而现在，与她面对面的已是死亡，她需要再一次毫不避讳地估量人生的真实意义。至于这两段时光之间的日子，她是在迷惘中度过的。

她自觉迷惘，但别人可不这么认为。人们说，没有比她和亨利的婚姻更完美的了。他俩分别被视为完美的贤妻和无瑕的良夫。人们会说，二人可从未羡慕过别人。这对夫妻携手度过了荣耀的一生，创建了卓越兴旺的家族。人们也会怜悯她如今孤单一人、孑然一身，但转念一想，这位已经八十八岁的老夫人一生幸福，没什么可遗憾的，她或许正盼着那一天尽快到来——她的丈夫再度以年轻时的模样出现，头戴花环、身披长袍——在彼岸另一边迎接她的到来呢。人们说，她有着幸福的一生。

什么是幸福呢？斯莱恩夫人真的幸福过吗？"幸福"这个词很奇怪——对所有说英语的人来说，它都有同样明确的含义——它包含一个清辅音 h、一个短元音 a、两个送气音 p，末尾是一个俏皮的、微微上翘的 y，人们用两个音节表达了对生活的完整感受——幸福。不过，一个人此刻幸福，两分钟后可能又不幸福了，而幸福与否都无须任何理由。那么,"幸福"究竟意味着什么呢?如果它有某种确切的含义的话,就应该是某种不安的欲望:渴望黑就是黑,白就是白。它意味着在危机四伏的生命丛林中,微小的爬行动物在某种固定的法则中寻求着小小的慰藉。当然,总会有一些时刻,有人会说:我是幸福的,旋即又更确定地说:不,当时我一点儿也感觉不到幸福——比如,小罗伯特躺在棺材里时,哭泣的叙利亚女仆撒着玫瑰花瓣——但整个教堂的人都来阻止她,这也是实情。问她是否幸福是荒谬的,这无异于有人在问一个与她并不相关的问题,用一个与变化无常、难以捉摸、闪烁不定的生活游戏无关的词来提问,想把湖水压缩成一个又紧又硬的球——这绝无可能。人生就是那片湖泊,斯莱恩夫人心想。她坐在南墙下,嗅着桃子的香气,凝望落日缓缓下坠。平静的湖面上倒影荡漾,阳光为它镀上金色,月亮则为它染上银色,云投下黑影,风掀起涟漪,但它始终如一,保持着自己在平坦大地上的界限,没有被卷成一个小到可以握在手中的、紧绷而坚硬的球。当人们问起一个人幸福或不幸福时,他们就是在试图将湖泊捏成一个坚实的球。

不,不该问她这一问题,甚至不该问任何人这一问题。世间所有的事情都没有那么简单。如果他们问她是否爱自己的丈夫，她会毫不犹豫地说："是的，我爱他。"她的答案不会随时间而变化，她不会说："在那一刻，我爱他；而另一刻，我并不爱他。"她的爱持续不断，像一根绷得紧紧的绳子，贯穿了她的一生。那爱意伤害她、破坏她、削弱她，她却无法摆脱。她身上无关亨利·霍兰德的所有部分都在拉扯她远离那根绳子，然而在这场拔河比赛中，它们作为弱势的一方，都被名为爱的巨人拉倒了。她的抱负和追求、所向往的隐秘生活，都化为了泡影。她如此爱他，以至于连怨恨都被抑制，只能为他牺牲。不，她不是那种女人。她不是那种为牺牲而欢欣鼓舞的女人，也不认为那是一种伟大的奉献。那与她年轻时憧憬的爱截然不同。可是她放弃了自己的憧憬，亲手摧毁了无比珍贵的梦想。这就是她为亨利·霍兰德所付出的，而亨利·霍兰德从未意识到这一点。

斯莱恩夫人终于可以回顾他们的过往，看个清清楚楚、明明白白。更可贵的是，她终于可以客观地审视丈夫，不会被冠以不忠的帽子。她终于可以抛弃过去那种盲目的忠诚，但爱的痛苦并未从记忆中消失。她仍然记得那些向上帝祷告的日子。她迷信地祈求亨利·霍兰德平安幸福，尽管她从未完全相信上帝。她的祷词真诚而幼稚，但那有什么关系呢,只要能表达出最直白的需求就好。"上帝啊,"她每晚都在祈祷,"请照顾我心爱的亨利,保佑他平安幸福;上帝啊,让他远离一切危险,远离所有疾病和意外。请您保佑他,我爱他胜过天地万物。"她每晚都这样祈祷。她每祈祷一次,祷词就变得愈发有力。当她默念"远离一切危险,远离所有疾病和意外"时,她仿佛真的看到了亨利被马车撞倒在地,或是得了肺炎,那画面如此清晰,仿佛灾难正在上演。当她默念"我爱他胜过天地万物"时,她又会焦虑不已,并于每个夜晚都在担心,万物是否包括天堂,这是否亵渎、冒犯了某位爱嫉妒的神灵。她将亨利称为比天地万物更珍贵的人,无疑构成了一种亵渎——它牵扯到那位她要讨好的神灵——一边是亵渎的行为,一边是她的恳求,上帝会倾向于哪一边呢?她仍然固执地祈祷,即便严格说来,这违背了真理。亨利对她而言,是比天地间任何事物都要珍贵的人。亨利甚至成功地诱导她,使她深信,他比她自己的远大抱负更值得珍惜。她想,无论自己的祈祷是宣之于口,还是只在心中默念,这位全能的上帝(如果他存在的话)肯定会知道她的心意。因此,她还是坚持祈祷,借机说一些真心话,希望上帝而不是亨利·霍兰德听到这些。祈祷使她感到宽慰。祈祷过后，她就去睡觉了，仿佛已经确保了亨利至少一天一夜的安全。二十四小时，这是她自己设定的祷告的生效期限。亨利·霍兰德就像一个危险的宝藏，即使有人暗中替他祈祷，也难以守护他绝对的平安。他的事业如此活跃鼎盛，与她祈求的那种隐逸人生相去甚远。她希望他过着那种井然有序的静谧生活，做一个荷兰郁金香的种植者，最大的烦恼不过是担心一株郁金香的授粉情况，平常只需要养养鸟，修剪一下花园的树篱等。柳条笼里的鸽子咕咕叫着，在阳光下舒展翅膀。事实上，他们过着不断游移的生活：他们会面临炸弹的威胁，骑着大象穿梭在印度的城市之间，亨利常常忙于庆典和各种政务，与她分隔两地。在巴黎、华盛顿等地暂时没有危险，人身安全有所保障时，亨利·霍兰德，这位国家的伟大公仆会待在伦敦办公，或被派遣到海外执行和平任务。那时候，她又要时刻警惕：在他一时气馁时，她必须在最短时间内，觉察到他的需求，及时安慰他；在他眼神呆滞地走到她面前，伏在椅子上不说话时，她就知道，他是在等她斗篷一般温柔的呵护。她只需要默默地给予安慰与支持，无须言语。让他重拾信心好似是她的使命，在亨利遇到英国政府的阻挠或对手的反对时，坚信那是由于他们的短视或嫉妒，而非亨利能力的不足。同时不能让他觉察到她已经猜中了他的自我怀疑,否则她的所有抚慰会付诸东流。当她顺利完成帮助他重拾信心的壮举时,他会怀揣昂扬的斗志再次离开,投入忙碌的政治事务中,而她早已筋疲力尽,瘫垂的双手昭示着她的疲惫。她的内心有一种甜蜜的空虚,仿佛自我已然耗尽,注入了另一个人的血管之中。她则会一点点下沉,直至消失。她不禁想,那时的自己是否触及了极致的喜悦?

然而,即便如此,这番爱的剖白和对细节的追忆无法使她满足,也许是因为它过于宽泛、过于简单化了。她所陈述的爱,虽然无可辩驳,但仍然存在诸多的复杂性。她爱亨利,这个付出爱的"她",即爱的主语"我"究竟是谁?而亨利是什么人,或者说他究竟是什么,一具因受到时间和死亡的威胁,而愈显珍贵的肉身存在吗?或者,这所谓的肉身存在只是一个可被触摸的投影,一个可以被称为"他自己"的象征符号。在他和她的肉体符号之下,无疑都潜藏着真正的"自我",但是这个"自我"实在难以捉摸。它总被太过熟悉的话语、名字、外貌、职业、环境等外部标志所遮蔽,连转瞬即逝的自我感知也变得迟钝、混乱。人往往有很多个自我。独自一人时的自我,与和他人相处时的自我,永远不可能相同。即使那个一直在追求改变的孤独的自我,一靠近就消失不见的自我,她也无法把它赶进一个黑暗的角落,像黑夜中的强盗那样,掐住它的喉咙,把它抵在墙上,让那个自我的坚实内核无路可退。那些用来遮蔽她独立思想的词语,不过是一种歪曲与篡改。没有任何一个词语可以像一根石柱或树干一样独立存在,它必须和其他词语一起,构成无数联想,所谓联想的含义也和"自我"一样变化多端、难以捉摸。人只有在无言的恍惚中,才有可能真正顿悟,在这种纯粹而超然的状态中,一系列未被命名、没有声音的画面浮现在脑海中,只有指尖上微弱的刺痛,才会让人想起身体的存在。她想,这种状态才是最接近自我的状态,但这种状态与亨利完全无关。也许这就是她认为爱次于自我的原因,这种因为爱而让自我屈居的痛苦,使她产生一种与亨利交往的幻觉。

斯莱恩夫人毕竟是个女人。虽然她没能如愿成为一位艺术家,但是否有可能在其他方面取得成就?"女人应该侍奉男人"这一广为流传的观念是否真的合情合理呢?如果繁衍后代是一种正义,那么个人的奋斗就有错?在她对亨利的顺从之外,是否包含某种美的、积极的,甚至创造性的事物？在她与亨利之间那根紧绷的钢丝上，坚持作画就会让她失去平衡、让二人的关系陷入险境吗？难道她不能像欣赏风景画中的蓝色和紫色阴影一样，将他们生活中的色调和半色调联系起来，规定它们的价值、发现其中的美吗？这难道不也是一种特别适合女性的成就吗？算是吧，毕竟单靠女性就可以做到这一点，这难道不是女性的一种不容轻视的特权？她内心的女性自我回答说：是！而她内心的艺术家自我却在反驳说：不是！

再者，那些受新教精神熏染的女性，难道没有在欺骗世人，剥夺他们那些仅存的喜悦，那些也许愚蠢却很美好的幻想吗？这一次，她心目中的女性自我和艺术家自我一致回答说：是的。

这时，斯莱恩夫人想起以前认识的一对年轻夫妇——男士是巴黎大使馆的秘书。当时她身为大使夫人，年轻的夫妇在家接待了她的来访，表现得非常恭敬得体。她知道二人都喜欢她，但总觉得自己的这次拜访是一种打扰。她察觉到他们非常相爱，而她从他们难得的团聚时光中偷走了半个小时。她把这次拜访看作是一种折磨，但她还是上门做客了，一方面是出于情谊，另一方面则是出于一种自虐的欲望。她想看一看，他们那种天作之合的亲密关系究竟会如何让她感到痛苦。"神创造了男人和女人。"她在道别时喃喃自语。她有时会觉得,自己和亨利的关系太不协调,以至于生活的负担变得太沉重,甚至希望自己可以死掉。这不是一句空话,她真心希望如此。她太过诚实,无法承受这种虚假的负担。有时,她渴望一段简单、自然、正常的夫妻关系,就像那对年轻夫妇一样,或许非常无趣,但不失可爱。她羡慕亚历克站在炉火前,摆弄着口袋里叮当作响的硬币,低头看着蜷在沙发角落里的妻子玛吉。她也十分羡慕玛吉,无论亚历克说什么、做什么,玛吉都会毫不犹豫地接受。然而,在羡慕之余,男方令人难以忍受的高高在上的语气让她感到冒犯,女方卑微的顺从让她感到厌恶。

那么真相究竟是什么呢?亨利出于爱的冲动,骗她放弃自己原本想要的生活,给她另一种生活,这种生活足够丰富。如果她愿意,可以借此接触更广阔的世界,或牢牢守在育儿室,看顾儿女。而实际上,亨利用自己的兴趣和志业,抑或用孩子们的潜力取代了她的全部。亨利也许认为,无论选择哪一种,她都会同样欣喜地沉浸其中。他从未想过,也想不到,她只是单纯地想做自己。

她有一点儿默许了。她记得自己默许了应该全身心投入子女的教育,尤其是儿子们,就好像他们的存在远比她自己重要,而她只是创造他们的一件工具,是他们弱小岁月中的一间庇护所。她还记得凯出生时的情形。她想给他取名为凯,因为在他出生前,她一直在读托马斯·马洛礼的《亚瑟王之死》。之前,她的儿子们都自动继承了家族的姓氏——赫伯特、查尔斯、罗伯特、威廉。但出于某种原因,在第五个儿子出生时,亨利征求了她的意见,她顺势提议用"凯"这一名字。亨利没有反对,因为当时心情很好,说:"随你的意思吧。"当时她很虚弱,而亨利表现得异常大度。她低头看着这个新生儿,这已经是她第六次做母亲,皱巴巴的红脸蛋对她来说已经是司空见惯,但她还是意识到了一种沉甸甸的责任。养育孩子就像打造一艘战舰,只不过用的不是枪炮和甲板之类的东西,而是神奇的血肉和头脑。取名"凯"公平吗?名字不仅仅是一个标签,也是一种暗示,施加着某种隐形但持续的压力。人们常说,人如其名。不过凯成人后没有过分浪漫,性格与哥哥或姐姐们没有任何相似之处。

在斯莱恩夫人的所有孩子中,只有凯和伊迪丝继承了母亲的一些特质。凯沉迷于星盘,伊迪丝整日迷迷糊糊。嘉莉靠自己的努力闯出了一片天地,很少让她操心。

赫伯特作为长子,生性就有意为继承家族荣耀而努力。威廉从小就刻薄、沉默,每天眯着一对小眼睛,天生一副贪婪相。婴儿时,他就似乎决心要吸吮母亲的所有乳汁,就像现在,他和自己的最佳伴侣拉维尼娅决心榨干当地乳厂的全部好处一样。查尔斯则是在抗议中来到世上的,至今还在抗议这个、抗议那个,仿佛有没完没了的委屈和怨恨。只不过那个时候,他对英国陆军部还一无所知。伊迪丝是在医生的拍打下开始人生第一次呼吸的,并且一生都迷迷糊糊。事实上,只有在凯和伊迪丝身上,斯莱恩夫人才能感受到那种无言的母性温情,其余的儿女都是亨利的孩子,虽然亨利从不将精力放在他们身上。然而,当这些孩子还是婴儿时——他们又小又虚弱,只有被稳稳地托着脑袋,他们才坐得住。斯莱恩夫人就试图弥补自己失去的独立自由,期待着他们的囟门早早闭合,头盖骨的抽动不那么令人心惊。届时,他们也已经开始掌控自己的生命,她不必害怕他们会在保姆离开,只有她一人在摇篮边时,突然没了呼吸。她曾无比期待孩子们能发展自己的个性,能与父母持有不同的观点,自主制订计划、安排事务。即使这样一个小小的期待,也使她备感压抑和挫败。"当他开始在学校写信给我们时,我们会多么开心啊。"斯莱恩夫人对亨利说。当时夫妇二人一同站在摇篮边，俯看着纱帐下安睡的赫伯特。但亨利不喜欢这番话，她也立刻猜到了他无言的批评。亨利认为，所有真正的女人都应该宁愿自己的孩子不要独立，并为他们长大成人的那一天感到遗憾。在他们眼里，婴儿服应该好过罩衫，罩衫好过短裤，而短裤好于长裤。亨利对女性乃至母性有一种根深蒂固的、受男权思维影响的观点。尽管他也会暗自为这些成长中的小家伙感到骄傲，但甚至会假装说服自己，照顾他们完全是母亲的责任。所以自然而然，她也只得努力去接受这些观点。赫伯特两岁时，家中最宠爱的孩子变成了嘉莉；嘉莉一岁时，这一位置让给了查尔斯。新生的婴儿才应该是她最关心的孩子，因为这是她被寄予的期望。这些说法其实没有任何道理。她一向清楚，这些孩子的自我与她本人、与亨利的自我，乃至她的自我，都相去甚远。

一些令人震惊、不同寻常的想法在她的脑海中浮现："要是我没有结婚就好了；要是我从未有过孩子，那该多好。"然而，她爱亨利，甚至爱得痛彻心扉。她也爱自己的孩子，甚至为此多愁善感。她会编织一些对未来的推测，仿佛那是既定的事实，会在亨利心情还不错时，有意无意地吐露。她说，赫伯特会成为一名政治家，因为十二岁时，问过她一个关于地方政府的问题；凯也会是政治家，四岁时，就要求她带他去泰姬陵，在游览之余了解人文历史。亨利宠溺地纵容了她的这些遐想，却没意识到实际上是她在纵容他。

　　这一切与亨利的野心相比，根本不值一提。在亨利的野心驱使下，她踏上了一条荆棘密布的小径。亨利对世界的看法与她完全相悖。他是一个彻头彻尾的现实主义者，而她则是个不折不扣的理想主义者。他们处在两个对立的极端，或许这也是一种平等？唯一的不同之处在于，亨利无须对自己的信条遮遮掩掩，而她必须小心翼翼地保护自己的信仰，以免遭人羞辱和嘲笑。她时常感到困惑。有时候，她也会加入亨利一直热衷的那场宏大博弈中，去体验那种激情。有时候，她更渴求艺术家那种私密而专业、情感浓烈的可爱生活——虽然她无法从事自己的艺术创作，但仍然悲戚而憧憬地渴望着那种纯粹的理想生活——但这些与帝国、政治和那些男性事务格格不入，她的渴望似乎只是一种可怜、自私而又过分脆弱的存在。她有时甚至无须用头脑思考，仅凭直觉就能感受到，亨利渴望的是那种行动至上的生活，正如她自己渴望一种沉思冥想的生活。他们真像是把世界一分为二的两个半球。

生命已死,连呼吸都已消逝;
死亡的自我,踏上朝圣之路,
迈着蹒跚的步伐,
走过第一段短暂的旅程。

——克里斯蒂娜·罗塞蒂《这一生充满麻木》

Chapter 3

所有的忙碌与喧嚣都已远去,
只剩下静静的等待。

夏天过去了。十月,天气转凉,斯莱恩夫人不能像往常一样去花园久坐了,但得呼吸新鲜空气,于是开始每天出门散步。吉诺给她披上外衣和毛皮围巾,陪着她来到前门。吉诺得确保夫人不会把这些累赘的衣物丢在大厅里,夫人不喜欢衣着臃肿,以免显得笨拙。有时,看着吉诺将衣服一件又一件地从衣柜里拿出,斯莱恩夫人就会抗议说:"好了,吉诺,你这是要让我看起来像一个旧包裹吗?!"吉诺把最后一件斗篷紧扣在她肩上,回应说:"噢,夫人是多么高贵的人啊,怎么会像一个旧包裹呢。""你还记得吗?吉诺,"斯莱恩夫人戴上手套,说,"你总想让我穿上羊毛袜,哪怕是在参加晚宴时。"确实有这回事。只要天气稍微转凉,吉诺就不会把丝袜和夫人的晚礼服放在一起了。有时,经斯莱恩夫人多次抗议,吉诺才会不情愿地拿出丝袜,但还是劝夫人在丝袜下套一层羊毛袜。"为什么不行呢,夫人?"吉诺晓之以理,"现在这样的天气,女士们,即便是年轻的女士,也都会穿合适厚度的长裙,外加衬裙,这已经成为一种时尚。为什么非得跟自己过不去,为了露出脚踝而受冻呢?您去参加晚宴,晚间天凉,用餐时难免需要脱去外袍。您最好还是穿上羊毛袜,夫人。"吉诺陪夫人下楼,嘴里不停地念叨这些话。自从离开埃尔姆帕克庄园,离开那些谨慎的英国仆人,吉诺愈发能说会道起来。那些积压已久的话都被释放了出来。吉诺在夫人身边走来走去,习惯性地唠叨着,有时不免责备几句,但更多的是关心,"夫人一直不会照顾自己,如果肯听听吉诺我的话,会好很多。十月的头几天是最容易着凉的,它会悄无声息地缠住你,让你吃尽苦头。夫人都这把年纪了,不可以再任性。""吉诺,那就等我寿终正寝的时候再说吧。"斯莱恩夫人开口道,她现在已经摆脱了英国式的悲观主义。

斯莱恩夫人小心翼翼地走下台阶,台阶上已经结了一层薄霜,有些滑。她知道吉诺会站在门口,目送她慢慢走远,所以每到拐角处,都不会忘记转过身,向吉诺挥一挥手。如果她不这样做,吉诺会很伤心。但仅仅是挥手作别,远不能让吉诺放心,直到斯莱恩夫人终于安全归来,吉诺才能真正安心。吉诺把她扶进屋里,为她脱下靴子,换上拖鞋,然后去准备一杯热茶,顺便带来一条围毯,最后把她安顿在客厅的火炉边看书。尽管吉诺会说一些稀奇古怪的俚语，总是喋喋不休，但也通达乐观、经验丰富，充满了劳动者的智慧。（斯莱恩夫人照旧回头看了看吉诺，挥手致意，然后转过街角，慢慢朝那片荒野走去。）吉诺重新回到厨房，一边忙着洗刷锅碗瓢盆，一边和猫咪说话。斯莱恩夫人也常常听见吉诺和猫咪说话。"过来，波波。"吉诺说，"好吃的来了。瞧，都是你的。"和猫说话时，吉诺会用英语。吉诺有一个奇怪的说法，认为英国的动物只能听懂英语。有一次，吉诺听到一群豺狼在古拉赫克附近嗥叫，就对斯莱恩夫人说，"这真是奇怪，夫人，它们一听就不是英国的动物。"如今，她和吉诺过着一种温和而不受打扰的生活，斯莱恩夫人一边想，一边缓步向山上的荒地走去。她和吉诺的生活平静自在，彼此被感激和奉献的纽带维系着。同时，她们也被一种不可说破的猜测所束缚——她们之中谁会先离开人世呢？每当她们送走一位难得的访客，关上大门，都会不自觉地松一口气，"入侵者"终于走了。按部就班的平淡生活，便是她们想要的一切——这已经足够了，事实上，她们已经将全部精力都花在了维持日常生活上，已经很疲惫了，却从未向对方坦承这一点。

幸运的是，来访者寥寥无几。最初来访的是斯莱恩夫人的子女们。他们轮流前来，既是出于义务，也算是尽孝心。但他们中的大多数觉得，来汉普斯特德一次着实不大方便。他们也毫不掩饰地向母亲表达了这一明确的事实。这样也好，斯莱恩夫人便有了理由，恳请他们不必为看望她而费心。偶尔，他们也会听从她的话。他们会怎样为自己的愧疚开脱，安慰自己的良心呢？以斯莱恩夫人的聪慧，她很轻易就能猜到他们说的："我们本来劝过母亲，回家和我们一起住的……"在所有的孩子中，只有伊迪丝表现出常来探望的意愿，用伊迪丝的话说——想来帮忙。不过伊迪丝现在也住进了自己的小公寓，过着欣喜自在的日子。当母亲说并不想要与伊迪丝同住时，伊迪丝也乐得接受这一事实。至于凯，斯莱恩夫人有段时间没见到他了。他上次来的时候，说有位叫老菲茨乔治的朋友想来拜访母亲。看得出来，他是在经过一番犹豫之后才说出口的。"我记得，"凯拨弄着炉火说，"他说自己在印度见过您。""印度？"斯莱恩夫人有些心不在焉，"可能吧，亲爱的，不过我记不得这个名字了。当时有很多人来来往往，一次午宴便经常会有二十来个人参加。你能让他晚些再来拜访吗？凯，我不想给人留下不友善的印象，但我好像已经对见陌生的客人失去了兴趣。"

凯很想问问母亲,菲茨之前为什么说见过摇篮里的自己。事实上,他这次来汉普斯特德,就是想解开这一谜团。不过,见母亲兴致缺缺,他没有问出口。

斯莱恩夫人不允许曾孙辈来汉普斯特德探望,孙辈更不行,他们的年龄不上不下,有些无关紧要。虽然曾孙辈并非无足轻重,但他们很可能会打扰她平静的生活状态,于是也不被允许来访。斯莱恩夫人异常坚持这一点。即使最温顺的人,有时也会突然表现出略显执拗的执着。在汉普斯特德,巴克特劳特先生是斯莱恩夫人唯一的常客。他每周来这里喝一次下午茶。斯莱恩夫人并不厌烦巴克特劳特先生的日常到访。他们总是坐在炉火两边,也不点灯。巴克特劳特先生滔滔不绝地说着话,斯莱恩夫人在一旁静静坐着,听不听全凭心情。

十月间,荒野正值它最美的时节。山坡上层林尽染,天空湛蓝而干净。斯莱恩夫人坐在长凳上休息,远处几个小男孩在放风筝,他们拉着线轴,在草地上奔跑。经过几次尝试后,风筝终于拖着长长的尾巴升上了天空,仿佛一只笨拙的鸟儿。斯莱恩夫人有关异国的遥远记忆时常与眼前的景象交叉,时而融合,时而重叠。有时她不禁怀疑,自己的记忆是不是出了问题。此时她是和亨利在北京周边的山林中散步吗？马夫在他们前方，恭敬地牵着马。垂垂老矣的她，穿着一袭黑衣，正独自静坐在汉普斯特德荒野的长凳上休息。她的思绪飘忽不定，幸好远处伦敦的烟囱让她回过神来。毫无疑问，眼前这些穿旧衣的男孩来自伦敦，不是当年的顽童。而她正坐在硬邦邦的长凳上。她想稍微调整一下坐姿，四肢传来一阵风湿引起的酸痛。她已经不是当年和亨利在烧焦的山头上漫步的年轻的自己。她试图努力找回当年那种健康而幸福的感觉，然而只是徒劳，曾经的感觉一去不返。内心诚实的声音自遥远的过去召唤而来，如同难以捕捉的古老旋律，徘徊在回忆边缘。她只能喃喃自语，试图重现从前的感觉，却无法唤醒迟钝的躯壳。从前的她，一觉醒来便想从床上一跃而起，跑到外面，去感受清新的晨间空气和旺盛的活力带来的愉悦，并在一天的官方活动结束后，投入亨利的怀抱。她曾不止一次地尝试，想重新体验敏锐的感官，然而终是徒劳。残存的只有曾经的只言片语。唯一能真切感受到的是她和吉诺的日常生活，是生活中一点儿微小的乐趣——推销员按响的门铃声，穆迪图书馆送来的包裹，巴克特劳特先生的周二下午茶，关于应该买小松饼还是松脆饼的纠结。还有因嘉莉即将来访而产生的烦乱,以及不时加重的身体不适,她甚至渐渐对这些病痛产生了感情。事实上,她的身体成了她的伴侣,她需要时刻关注它。那些年轻时无关紧要、常常被忽视的小问题,开始在老年时期占据主动,横行霸道起来,这实在不讨人喜欢。一阵隐隐的腰痛突然袭来,迫使斯莱恩夫人颇为谨慎地从椅子上起身。她想起在热那亚扭伤了背的情形,从那时起,她的背就不如从前了。她深谙自己的牙齿状况,咬东西时会格外留意,只用左侧的牙齿咀嚼。她本能地弯曲了左手的第三根手指,以免长时间不动引起的神经性痛苦。她还因脚趾甲内嵌,不敢轻易用鞋拔,只得寻求吉诺的帮助。身体的这些部位,都在随着年龄的增长,变得愈加私人化:我的背、我的牙齿、我的手指、我的脚趾。当她坐在椅子上突然尖叫出声时,除了自己,只有吉诺知道她尖叫的原因。她和吉诺的纽带因此变得愈发紧密,如同熟知彼此身体的恋人。如今她的全部生活就是由这些细枝末节构成的:和吉诺的日常交流,对日益衰老的身体的关注,巴克特劳特先生每周的拜访,在霜冻的清晨看着小男孩们放风筝时感到的愉悦,生怕滑倒在结冰的台阶上的焦虑——毕竟老人的骨头太脆了。所有这些细微的小事,在迫近的死亡笼罩下,变得重要起来。她想起一些意大利油画上的树木，杨树、柳树、桤木，茎叶分明，纹理清晰，映衬在半透明的绿色天空下。她生活中那些微小的事物便如同那些优美的叶子，与明亮的不朽并置，使她在虚无中得以救赎。

每当想到生活中再也没有值得冒险的事情，她便觉得自己很高尚——她已经摆脱了过分讲究，充满琐碎细节的生活，只为最后的死亡大冒险做准备。

然而，她误算了，忘记了人生的惊喜是无穷无尽的，甚至到了生命最后也是如此。那天下午，她散步回到家，看见门厅的桌子上有一顶陌生的方形男帽。吉诺迎上来，压低声音，略显兴奋地向她耳语："夫人！有一位绅士来访，我告诉他，您出门了，可他不听，正在会客室等着夫人您呢。我要给他上茶吗？……夫人，鞋湿了，先脱掉它们吧。"

斯莱恩夫人回忆起自己与菲茨乔治先生的会面。在此之前，菲茨乔治先生也在回顾自己与斯莱恩夫人初次会面的情景。他等了许久，以为凯不愿带他来这里，索性自作主张，独自来访。他是搭地铁来汉普斯特德的，尽管他拥有数百万英镑，却节俭成性。下了地铁后，他一路步行来到斯莱恩夫人的住所，用鉴赏家的眼光打量着这栋乔治王朝时期的建筑。"哈，真是一栋好房子。"他颇为满意地说，"一看就是有品位的女士的住所。"不过他很快便意识到这是个误判。当他不顾吉诺的反对，径自来到门厅后，竟发现斯莱恩夫人的布置完全没有品位。这一发现反而使他感到高兴。吉诺不情不愿地带他走进屋内，房子布置得简单而舒适。"印花布罩的扶手椅，灯的位置恰到好处。"他一边闲逛，一边喃喃自语。一想到即将再次见到斯莱恩夫人，他便格外激动。但当她回来了，他却发现，很明显，她一点儿也不记得自己了。斯莱恩夫人客气地向他问好，又马上恢复到端庄稳重的姿态，并抱歉地说自己来晚了，接着请他坐下，说凯提到过他的名字，茶很快就会端上来。但她显然很困惑，这位先生到底为什么前来，是想为丈夫亨利作传吗？眼见斯莱恩夫人的这种反应，菲茨乔治先生咯咯地笑了起来。斯莱恩夫人愈发感到不解。但菲茨乔治不知道如何解释为好，在半个多世纪前的加尔各答，触动了他心弦的不是总督，而是这位总督夫人。

事已至此，菲茨乔治不得不先提起往事。当时年轻的他带着介绍信去往总督府，参加了一次例行公事的晚宴。他并未感到局促，对那种社交场合总是看得超脱。他坦白地说明了当时的情况，毫无避讳。"当时我是一个无名之辈，不知名的父亲留下了一大笔财产，希望我能环游世界。我自然很高兴，毕竟也刚好有这样的愿望。我的律师，同时也是我的监护人，"他兴致缺缺地说，"见我如此配合地遵从了父亲的遗愿，对我十分赞许。在他们看来，相比住进林肯公寓浑浑噩噩地度日，顺从父亲的遗愿，离开伦敦去往远东游历，实在是孝顺的行为。我想他们应该是认为，沙夫茨伯里大道上的戏院比广州的集市更有吸引力。不过他们显然错了。斯莱恩夫人，我现如今的大半收藏，都得益于那次环球旅行。一晃都有六十个年头了。"

斯莱恩夫人显然从未听说过他的收藏，并坦诚地说了这一事实。菲茨乔治先生感到很高兴，因为这再次印证了她没有品位。

"斯莱恩夫人，我的收藏的价值和名气至少是乔治·尤摩弗帕勒斯家族的两倍，而且我只花了现值的百分之一，就得到了它们。我不像大多数行家，从未忘记藏品的美的重要性，藏品所谓的稀缺性、奇特感和古老的特质，远远不是我最在意的。我追寻的藏品必须美，至少要有精致的工艺。事实证明，我的理念是正确的。毫不夸张地说，现在没有一家博物馆不想将我的收藏放进最显眼的展示柜。"

斯莱恩夫人并不懂这些，但被菲茨乔治这番天真而幼稚的自夸逗乐了。她继续鼓动这位顽童似的老喜鹊，这位美物收藏家，这位突然闯进她房子、正坐在炉火旁的来客吹嘘。菲茨乔治完全忘记，自己更应该介绍加尔各答的那场晚宴，以及他与凯的友谊。在这场会面的开始，他就展现出了一种超然和自我的魅力，他不知道自己的父母究竟是谁，也没有合法的姓氏，他只是他自己，这一事实更赋予了他某种传奇般的魅力。斯莱恩夫人已经受够了那些拿世俗地位当敲门砖的人。而菲茨乔治先生没有这样的凭证，巨大财富也不足以被视作通行证——因为他节俭成性的做派，会让最乐观的逐利者对他避而远之。不过有意思的是，斯莱恩夫人并没有被他的贪婪和吝啬所冒犯，他的做派完全不同于儿子威廉。威廉和拉维尼娅贪婪至极，吝啬是流淌在他们血液中的本能。斯莱恩夫人记得，他们订婚的时候，她就坚信贪婪是他们二人真正的共同之处。但他们不愿承认，试图极力掩饰这一点。而菲茨乔治先生与他们完全不同，他毫不掩饰地袒露了自己的弱点。斯莱恩夫人欣赏这类人，他们或许有缺点，但敢作敢当。她鄙视一切伪善的掩饰。因此，当菲茨乔治先生告诉她，他舍不得花钱，只有实在无法拒绝美的诱惑时才肯花钱，但也必须经过一番讨价还价，觉得物有所值才行。斯莱恩夫人坦率地笑了，也坦率地向他表达了尊重。隔着炉火，她还是注意到菲茨乔治那件旧外套上的一个破洞。"我记得，"他说，"在加尔各答，你也笑过我。"

他似乎对在加尔各答发生的许多事印象很深。"斯莱恩夫人，"当她质疑他出色的记忆力时，他巧妙地回避道，"难道你还没注意到，年轻时的记忆反而会随着年岁增长而更加清晰吗？"正是他用的这个小小的"还"字，让她再次笑了起来：他这是在演戏吗？让她误以为自己还年轻。她已经八十八岁，但某种男女之间的情感吸引仍然存在，这种悸动已经消失太多年了，这次意外的悸动让她再次感受到内心的颤动，这真不可思议，仿佛一次意外的复苏，又像一场告别，唤醒了她心底某种依稀可辨却难以捉摸的旋律的回响。她从前真的见过这个菲茨乔治吗？他那老派的殷勤，仿佛唤醒了她从前的记忆，那时，男人们总会以赞美的目光注视她。无论是什么情况，他的出现使她感到了不安，不过她无法否认，这种心烦意乱也让她感到些许愉快。他的眼神仿佛在暗示，只要她愿意倾听，他会毫无保留地向她解释事情的来龙去脉。他走后的夜晚，她呆坐在那里望着那堆炉火，书也忘了看。她在努力回忆，试图记起从前那个夜晚的点点滴滴，但是未果。她感觉自己被撼动，仿佛一座废弃尖塔的破钟被再次敲响，声音没有越过山谷，但在尖塔内部回荡，惊动了巢中的飞鸟，蜘蛛网也颤动了起来。

第二天早上，她自嘲起昨晚的纷杂心绪来，怎么会那么反常、那么多愁善感？那两个小时里，她竟像一个天真恍惚的少女！都是菲茨乔治的错！他不管不顾地闯入她的房子，一副理所当然的架势，坐在她的炉火旁，谈论她的过去，调侃她作为总督夫人的威严；不时望着她，语气颇为嘲讽，又不失殷勤，总是欲言又止，表露出不折不扣的赞美和遮遮掩掩的动容。尽管他言谈举止间不失从容，但斯莱恩夫人还是意识到，这次来访对他而言意义非凡。她开始好奇，他还会再来吗？

"如果这位先生再来，要允许他进来吗？"吉诺问道。下次他再来，她一定要好好准备。真受不了那副目中无人的样子，完全不理会她的劝阻，径直走进门厅，把那顶滑稽的小帽子往桌子上一放。"啊，我的上帝啊。夫人，他的帽子真是太滑稽了。"吉诺笑弯了腰，边笑边用手搓揉着大腿。吉诺遇到有趣的事情，便会纵声大笑。斯莱恩夫人喜欢吉诺的这种性格。作为对吉诺的回应,她附和着笑了笑。"菲茨乔治先生的这顶帽子确实少见。他从哪里弄来的这顶帽子?"吉诺问,"我从没见过这样的,难道是他自己做的?还有他的围巾——我的夫人,您看见了吗?全是方格图案,像那种马夫用的……这是个不寻常的人。"吉诺睿智地总结道。不过,不同于那些英国仆人,吉诺不满足于取笑菲茨乔治先生,还想了解更多他的逸事。"他真可怜,"吉诺说,"这样一位老绅士,却一直孤孤单单。他从未结过婚吗?他看起来确实不像结过婚的人。"吉诺在夫人身边转来转去,想挖出一点儿消息来。不过,斯莱恩夫人根本无法提供,"他沏茶功夫了得,"吉诺说,还注意到他的外套破旧不堪,以为他穷得叮当响,"就像我从前在街角看到的卖松饼的老头。"当斯莱恩夫人不动声色地告诉她,据她所知,菲茨乔治先生是一个百万富翁时,她显得很失望,"百万富翁?那他怎么会穿成那样!"吉诺对此无法释怀,"但话说回来,这件事情怎么定呢?"她问,"下次是让他进来,还是直接赶走他?"

斯莱恩夫人说,她认为菲茨乔治先生不会再来了。她说这话时,察觉自己在撒谎。因为当菲茨乔治先生告别时,曾握着她的手,请她允许他可以再次拜访。她为什么要对吉诺撒谎呢?"可以,你看着办吧。不过,最好还是请他进来。"她说着,向客厅走去。

就这样,时常来到斯莱恩夫人住所的老绅士变成了三人——巴克特劳特先生、戈瑟伦先生和菲茨乔治先生。这是一个奇异的三人组:一位房东兼经纪人、一个包工头,还有一个鉴赏家!他们都上了年纪,各有各的古怪之处,都有些天真脱俗。人生真是奇妙,她的一生——公共活动、子女和亨利——都渐渐淡出她的生命时,在她正准备和世界告别时,她开始了一种全新的生活,而这种生活让她备感满意。她想,她应该为自己一手促成的新生活负责,但她自己也不清楚是如何造成今天这一局面的。"也许,"她大声说,"一个人总会得到自己真正想要的。"她从书架上取下一本旧书,随意翻开一页,读了起来:

停止宣誓,停止咒骂,
抛去浮华,抛去虚荣,
让恨休息,让亵渎安息,
放下恶意,放下嫉妒,
不再愤怒,不再纵欲,
停止欺诈,停止欺骗,

不再说诽谤贬损的话。

真让人惊讶,竟有人在一四九三年就说出了她的愿望。她接着读下一诗节:

远离谎言、无常、肮脏和堕落,
远离致命的奉承者,让公平得以充盈,
远离美丽的伪装、勇士的神话,
远离从众的友谊、惯常的虚伪,
远离躁动的疯狂、固执的自大,
远离愚蠢的谬论、不实的幻想,
远离无休的唠叨、虚假的恭维。

除了不实的幻想,她已经远离了前述所有。某种程度上,三位老先生就是那不实的幻想、不实的异想,她换了个用词,会心一笑。至于浮华、虚荣和诽谤之类,它们不会进入这里。除非嘉莉在一阵寒气中把它们带进门来。斯莱恩夫人突然意识到一件事情:她怎会如此轻易就接纳了菲茨乔治先生?还把他添入了至交的行列中。他告别时确实问了下自己是否还可以再来,但这或许只是出于礼貌。

他又来了。斯莱恩夫人听见吉诺在门厅像招呼老朋友一样欢迎他。"是的,夫人在家呢。是的,夫人说她随时欢迎先生的到来。"斯莱恩夫人听着,总觉得有些不妥,吉诺对他太客气了,还是以她的名义。她真愿意让菲茨乔治先生打扰自己的隐居生活吗?她有些犹豫,或许她该让凯暗示他一番。

不过她还是客气地接待了他。一袭柔软黑衣的她站起身来,伸出手向他致意,笑容依旧——为什么不呢?他们都年事已高,对年龄异常敏感。他们像猫一样,坐在炉火两侧暖着身子,闪烁的火光似乎可以穿过他们有些透明的手掌。他们随意自然地谈着话,鲜少有情绪上的波动。斯莱恩夫人一向给人一种自在的感觉,在她面前,他们可以想说便说,不想说也不用勉强——这也是亨利·霍兰德决定娶她的首要原因之一。她有一股沉静安宁的力量,时常沉默不语,也能理解其他人对安静不言的享受。亨利·霍兰德曾说,少有女人能做到安静而不失有趣,更少有女人可以做到开口却不乏味的。亨利·霍兰德虽然喜欢女人,但对她们并不高看,他一生中满意的只有自己的妻子。在加尔各答时,菲茨乔治就不失机敏地看出这一点。总督身边可不缺女人,她们一个个美丽优雅、生气勃勃，总督对每一位女子都表示出了恰到好处的尊重与关注。她们因此被迷惑，而认为总督高看自己再正常不过了。

感谢上天，菲茨乔治先生心想，斯莱恩夫人没有品位真好。他对那些自以为品位高卓，与他这种鉴赏家有同等理解力的女人厌恶之极。"装饰"的美和真正的美完全是两回事。他的艺术品属于另一个世界，与所谓有品位的女性的高雅室内装饰毫不相干。他近乎温柔地看着斯莱恩夫人选择的室内装饰：粉色的灯、土耳其地毯。如果有人想要欣赏美，只需将目光停留在斯莱恩夫人身上。年老的她如此美好而可爱，仿佛一尊流水般柔和的象牙雕刻。她的四肢纤细而柔软，炉火在她的脸庞和银发上投下玫瑰色的光晕。青春不具备这种饱经沧桑的美，青春的面孔像未经书写的白纸；青春不具备这种宁静，仿佛所有的忙碌与喧嚣都已远去，只剩下静静的等待。他庆幸于自己不曾见过中年时期的她。未褪色的记忆中，她仍闪烁着青春的光芒，充满火焰般的激情。而如今，生命彼岸的她使他的记忆更加完整。他所见到的是同一个女人，然而这中间发生了什么？他一无所知。

他意识到，自己已有足足五分钟没说话了。斯莱恩夫人似乎忘记了他的存在，不过她并没有睡着。她正静静地望着炉火，双手一如往常地轻垂，脚放在炉火旁的围板上。他感到惊讶，斯莱恩夫人竟如此自然地接纳了他。不过我们都老了，他心想，我们的感知迟钝了，也许她理所当然地认为，我就应当待在这里，好像我这一生都与她熟识。"斯莱恩夫人，"他开口道，"我有些不确定，当时贵为总督夫人的你真的快乐吗？"

他的声音透着一如往常的尖锐和嘲讽。即便是面对她、陪伴她，也没有变得丝毫柔和。对于人类，他是如此漠视、鄙夷，以至于他的每句话都带着一丝讥讽意味。凯是他唯一的朋友，但即便是凯，也时常受到他的奚落。

"菲茨乔治先生，总督夫人这一身份没什么不好。"斯莱恩夫人对先夫亨利的忠诚突然回归。

"但不适合像你这样的人。"菲茨乔治先生并不后悔这么说，"你知道吗，"他身体微微前倾，"看到你被困在那些哑剧演员中间，我真的心烦。你顺从而出色地扮演了那个角色，并且做得很好，但自始至终，你都在否定自己的本性。我还记得，自己在那场晚宴开始前恭候你和斯莱恩勋爵莅临。至少有三十个人聚在一个大客厅里，清一色身着礼服、戴着珠宝，傻傻地呆站在一块巨大的地毯上。

我记得那里有一个巨型枝形吊灯,上面点满蜡烛,有人走过就会叮当作响。我当时正想着,是不是你的脚步声让它发出了响声。那道巨大的折叠门就被推开了,你和总督一同走了进来。所有女人都行了屈膝礼。晚宴结束后,你们和客人一一寒暄。你一身白色礼服,发间点缀着钻石,你问我是否想参加一场狩猎活动。我想,你也许是觉得,对一个富有的年轻人说这种话准没错。你当然不知道我憎恨滥杀动物。我说不想,自己只是一个旅行者。尽管你在微笑,看起来很专注,但我不认为你真的在听我说话。你大概在想,该对下一个人说什么呢。毫无疑问,你的措辞很得体,但并不合适。后来提议让我陪你们旅行的人是总督,不是你。"

"陪我们旅行?"斯莱恩夫人一脸惊讶地说。

"你也许知道,他抛出建议时有多随意。人们大多都清楚那建议是出于客套,并不是发自真心。他也不认为对方会付诸行动,正常情况下,对方会鞠躬回应说:'非常感谢,这真是我的荣幸。'然后便不再提起。比如他会说:'中国?是的,我们很快就要去那里,中国是一个非常有意思的国家,你应该随我们一起来。'但如果那个人把这种话当真,他一定会非常惊讶。尽管我敢说,以他完美的风度,他会很自然地掩饰而不被人察觉。斯莱恩夫人,难道不是这样吗?"菲茨乔治先生说。

他都没等斯莱恩夫人回答,继续自顾自地说:"不过这一次,有人将他的话当真了。那个人就是我。他说:'菲茨乔治,你是个古物收藏家'——对他来说,古物收藏家是一个模糊的概念——他说:'你是个古物收藏家,如果没什么要紧事,为什么不和我们一起去法塔赫布尔西格里呢?'"

斯莱恩夫人头脑中碎片般的记忆突然清晰起来,如同散乱的音符重新汇成了完整的曲调。她似乎再次站在了那个荒芜的印度城市的露台上,眺望远处土褐色的风景。不时扬起的尘土标示出那条通往阿格拉的道路。她将双臂斜搭在微微发烫的栏杆上,有些心神不宁,手慢慢转动着遮阳伞。此刻,她和身边的那个年轻人仿佛与外界隔绝了。总督不在他们身边,他正与一群穿着白色制服、头戴遮阳帽的官员视察那座有珍珠母装饰的清真寺。他用手杖指着屋檐,说应该把檐下的环颈鸽赶走。而她身边的年轻人却轻声说:"这真让人同情,为什么要谴责一群鸽子呢,斯莱恩夫人?如果一座城市已经被人类抛弃,为什么不能由鸽子来继承它呢?不仅仅是鸽子,猴子、鹦鹉等动物也可以。"这时，一群翠绿色的长尾鹦鹉叽叽喳喳地从他们身边掠过。"它们翠绿色的羽毛与锦缎般的墙壁多么相配，"他抬起头说，"当它们再次盘旋，会如一阵翡翠雨吹过诗人之屋。一个只有鸟类和动物栖息，满是清真寺和各类宫殿的城市，总是有些非凡之处。"他还说自己希望看到老虎踱步在阿克巴宫殿的台阶上，眼镜蛇优雅地盘绕在议会大厅。比起那些穿着皮靴、戴遮阳帽的男人，这些动物更适合管理这座红色之城。斯莱恩夫人一边听着，一边关注着总督一行人的动向。而对这个年轻人的幻想，她报以一个微笑："你真是一个浪漫的人，菲茨乔治先生。"

菲茨乔治先生，她终于想起了这个名字。这世界上的名字数不胜数，她忘记这个名字没什么稀奇。不过这时，她终究还是想起来了。她还想起了自己打趣他时，他回望的那个眼神。那绝不是普通的一眼，那一刻由他创造，他望着她的眼睛，满是他不敢或不愿说出的暗示。她觉得自己好像赤条条地被他看透。

"没错，"他看着在汉普斯特德家中，炉火另一侧的她，开口说道，"你说得对，我是一个浪漫的人。"

斯莱恩夫人吃了一惊，他居然和她想到了同样的时刻。那一刻对于他也同样重要、同样强烈吗？那一刻的意义确实让她感到混乱，有一段时间，她比自己认为的更心神不宁。她对亨利的忠诚无可指摘。而在菲茨乔治——那个连名字都忘记了的年轻漫游者离开后，她内心深处隐秘的一角似乎被炸药引爆了。他只看了一眼，就发现了那条通往她内心隐秘处的路，窥探了她的灵魂。那条路，她自己也难以找到。这位菲茨乔治是何等的罪无可恕、无礼至极！

"很奇怪，是不是？"他开口问道，仍然静静地看着她。

"与我们在阿格拉告别后，你又去哪儿了？"斯莱恩夫人以一贯平静的会谈式的口吻问道，不愿承认那一刻他极大地使她感到动摇。

"克什米尔，我去那里旅行了。"菲茨乔治先生向后靠了靠，将手指的指尖抵在一起，"我乘一艘船屋，沿河而上，漂行了两个星期。我有足够时间去思考。当我看见湖泊中的粉色荷花，便想起一个穿白裙的年轻女士。她如此安守本分、如此有教养，却有着那么狂野的内心。我过去常常沉醉于接近她的那一小会儿。但接着，我又想起，那一眼过后，她就转身离去，回到了她丈夫身边。她这样做是出于害怕，还是出于对我的责备呢？我无从得知，也许二者都有罢。"

"如果她感到害怕，那也是因为她自己，而不是你。"斯莱恩夫人说，这一答案让她自己和菲茨乔治都感到惊讶。

"我不会自鸣得意，认为那是因为我。"菲茨乔治先生说，"即便在那时，我也很清醒。我对女人没什么吸引力，尤其是像你这样可爱又有名望的年轻女士。说实话，我对此也并不在意。"他古板的脸上浮现出略显挑衅的神情。

"你当然不在意。"斯莱恩夫人对他那受挫的自尊心表示了尊重。

"是的，"得到安慰的菲茨乔治先生平静地说，"我不在意。不过你知道，"他好像又被某段回忆刺痛了，"我此前从未爱过一个女人，之后也没有。但我在法塔赫布尔西格里爱上了你。我想，在加尔各答那场荒谬的晚宴上，我就爱上了你。否则，我不会去法塔赫布尔西格里，为此改变了原来的计划。我不曾为一个男人、女人或孩子改变过计划。我是彻头彻尾的利己主义者，斯莱恩夫人。除了艺术品，没什么能让我改变计划。离开克什米尔后，我去了中国。我沉浸在东方艺术中狂喜不已，很快把你忘了个干净。"

这一奇怪、粗鲁而幼稚的示爱，让斯莱恩夫人产生了一种复杂的感情。它冒犯了她对亨利的忠诚,扰乱了她晚年的平静,唤醒了她年轻时的困惑。这让她又惊又喜。她从未料到,会发生这样的事情。她本以为人生只剩下回忆,余生只是在等待死亡。菲茨乔治先生却仿佛不怀好意地改变了这一切,打破了她无比安定的心情。

"但即便在中国,"菲茨乔治先生接着说,"我仍不时想到你和斯莱恩勋爵。在我看来,你似乎不太合群。我说你不合群,并不是在说你没有做好总督夫人。相反,你很出色,出色到引发了我的猜疑。斯莱恩夫人,假如你没有嫁给那个家伙,那个讨人喜欢又让人不安的骗子,你这辈子会怎么过呢?"

"骗子?菲茨乔治先生?"

"哦,不,他也不全然是个骗子。"菲茨乔治先生说,"恰恰相反,在英国相对困难的那五年,他至少是一位没有灾难性失误的英国首相。不过其实所有年头都不容易,也许我对他有误判。但你得承认,他也有缺陷。他比我认识的任何男人都有魅力,尽管在某种程度上,魅力是好事,但也有一个限度,理智的人都不会超越这一限度。但他超越了那个限度,他好得太不真实,令人难以置信。斯莱恩夫人,你也一定常常被他的魅力折磨吧?"

这问题来得突然，斯莱恩夫人不经意间就表示了肯定。菲茨乔治先生似乎对这一问题很感兴趣。不过她记得亨利的另一面。亨利经常皱着眉头，思考人类问题，尽管那根本不可能是他的兴趣所在。他身处一个人类价值微不足道的世界，在那里，人心中只有冷酷而颇具讽刺意味的野心。亨利如此，菲茨乔治先生就不是吗？一个是政治家，一个是鉴赏家。她可不想像唐代雕像一样被鉴定真伪。她不会忘记亨利给她上的这一课：爱上一个如此迷人、善于伪饰、无比冷静的人，并和他一起生活，是一件多么可怕的事情。不过她突然发现，亨利极其大男子主义。抛开他的魅力和修养不提，大男子主义才是他性格的基调。亨利蔑视一切，但本质上，他完全属于这个世俗世界。

"我本应成为一名画家的。"斯莱恩夫人终于回答了之前的那个问题。

"啊！"菲茨乔治先生终于得到了想要的答案，释然道，"非常感谢。这给了我莫大的启发。所以你本可以是一位艺术家，是吗？可惜身为女性，你无从选择。我现在明白了，为什么你看似平静，但总给人一种悲怆的感觉。我记得当时我看着你，心想，那是一位被伤透了心的女士。"

"亲爱的菲茨乔治先生!"斯莱恩夫人厉声道,"你不必把我的生活当作一场悲剧。你真不应该这样说。我拥有大多数女人渴慕的一切:名望、安逸的生活,成群的儿女,以及我深爱的丈夫。我无须抱怨什么,没有。"

"是的,你没什么可遗憾的,只是你被剥夺了那件唯一重要的事情,不是吗?对于一位艺术家而言,没什么比天赋的实现更重要。我们都深知这一点。如果天赋无处施展,它就会像一棵长歪的树,变作一个不自然的形状。生命的所有意义都将消失,生命就此沦为某种苟延残喘的存在。面对现实吧,斯莱恩夫人。你的孩子、丈夫、荣耀,不过是阻碍你成为真正的自己的障碍物。你选择它们来代替你原本可以成就的事业,不可惜吗?我想你当时太年轻了,不知道怎么做更好,但当你选择了那种生活,你便失去了生命中重要的光。"

斯莱恩夫人用双手捂住眼睛,她再也无法承受这种谴责的冲击。菲茨乔治先生像一个灵感附身的说教者,毫不留情地击碎了她平静的生活。

"是的,"她虚弱地说,"我知道你说得对。"

"我当然是对的。老菲茨可能滑稽,但他仍然坚持着一些价值观。你冒犯了我人生的首要信条之一，怪不得我指责你。"

"别再指责我了。"斯莱恩夫人微笑着抬起头，"我向你保证，如果我做错了，我会为此付出代价。但你不能责备我的丈夫。"

"我没有指责他。他尽己所能给了你很好的生活，只不过他几乎毁了你，事实如此。男人的确会毁了女人。据我所知，大多数女性还享受被毁的过程。我敢说，作为一个女人，即便是你也不例外，是不是？你在生我的气吗？"

"不。"斯莱恩夫人说，"你道破了一切，我反而觉得解脱了。"

"实际上在法塔赫布尔西格里，你就发现被我看破了吧？当然不是说全部，但大体上如此。其实我们是在继续当时没有完成的谈话。"

斯莱恩夫人虽然深感震惊，但还是笑了起来。她非常感激这位莽撞无礼的菲茨乔治先生。这会儿，他已经不再指责她了。他正坐在那里，颇为诙谐，又略显深情地看着她。

"一次中断了五十年的谈话。"斯莱恩夫人说。

"至此再也不会被重提了。"菲茨乔治先生说。他意外地避开了这一话题。他知道,已经被揭开的伤口容不得新的刺探,那会让她害怕,"但有些事情不得不说,这便是其中之一。好了,现在我们终于可以成为朋友了。"

就这样,菲茨乔治先生和斯莱恩夫人建立了朋友关系,他理所当然地认为她会欢迎他的陪伴。他总是不请自来,于是很快就有了一把专椅。他时常挖苦吉诺,但吉诺对他颇有好感。他与巴克特劳特先生的聊天也总是漫无边际。总之,菲茨乔治融入了斯莱恩夫人的生活。他甚至会陪她到那片荒野散步,他们步伐迟缓、身影摇晃,斯莱恩夫人的斗篷和菲茨乔治的破旧方帽,变成了冬日小树林寻常而独特的风景。他们颤颤巍巍地漫步,时不时找个长椅坐下,借口欣赏风景休息,但都决不承认是自己累了。当他们休息得差不多,风景也欣赏够了,便会心照不宣地起身,继续往前走。就这样,他们一边漫步,一边谈论康斯特布尔的风景画。他们甚至一同参观了诗人济慈的房子,那是一栋白色的小房子,孤零零地矗立在深绿色的月桂树丛中,周围弥漫着一种紧张而悲伤的气氛。他们像两个幽灵一样,低声讨论着范妮·布朗的鬼魂,以及济慈被摧毁了的部分激情。与此同时，在某个刚好够不着的地方，在某个转角处，潜伏着一份菲茨乔治先生对斯莱恩夫人的激情。如果菲茨乔治先生不是一个无比谨慎的自我主义者（与可怜的济慈正好相反），这种激情可能已摧毁了他。但他足够明智，不会让自己陷入那种无望的爱，不会徒劳地追随着年轻总督夫人的脚步。但他又不够明智，以至于五十年来，一直保持着遥远的忠诚。

有一天，在荒野散步时，他提起一件她已然忘记的事情。

"你还记得吗？"这已成了他们之间习惯性的开场白。每当他们这样开始对话，二人便会相视一笑，"那次晚宴后的第二天，我又去参加了午宴。"

"晚宴？"斯莱恩夫人茫然地说，她的头脑不再像以前一样敏捷，"什么晚宴？"

"就是加尔各答的那场晚宴。"他说。当她需要被提醒时，他的语气总是那么温和、那么耐心，"我答应与你们一起去法塔赫布尔西格里之后，总督又邀请我参加第二天的午宴。他说我们必须商量一下旅行中的细节。我一早就到了，当时只有你在那里。不过确切地说，你不是独自一人，凯和你在一起。"

"凯？"斯莱恩夫人说道，"那个时候，凯还没出生吧。"

"他当时已经有两个月大了。你把他安顿在你房间的摇篮里，你不记得了吗？当时，被一个陌生人看到你和孩子在一起，你相当尴尬。不过你很快克服了尴尬，还邀请我过去看了看凯。我记得自己当时很欣赏你大方的举止，你掀开摇篮的纱帐，看在你的分上，我瞥了一眼那个可怕的小东西。不过我真正注视着的，是你扶着纱帐的手，它像薄纱一样洁白，只是染上了戒指的颜色。"

"这些戒指吗？"斯莱恩夫人摸了摸黑手套下隆起的地方。

"你说是就是了。我曾和凯说自己见过摇篮里的他。"菲茨乔治先生说着，不禁笑了起来，"多年来，我都想拿这件事情和他开玩笑。实话说，他当时吓了一跳。但我没做任何解释。直至今天，他还不知道具体情形呢。除非他问过你。"

"没有，"斯莱恩夫人说，"他从没就此事问过我。不过即使他问了，我也没能力告诉他。"

"是啊。人是会忘记的。"菲茨乔治先生抬起头，眺望着远处的荒野,"不过有些事情是永远不会忘的。我记得你那只掀起纱帐的手,记得你俯身看那个如今已经长大的讨厌的小东西的表情,记得那种复杂的心情,毕竟我撞见了你的私密生活。不过很快,你就按铃让女佣带走了凯,推走了摇篮。

"你喜欢凯吗?"斯莱恩夫人问。

"喜欢?"菲茨乔治先生一脸惊讶,"嗯——我已经习惯他了。你可能会认为我是喜欢他的。我们足够了解彼此,不会轻易打扰彼此的生活。这么说吧,我们已经习惯了彼此的存在。在我们这个年纪,任何事情都会让人厌烦。"

的确,斯莱恩夫人想,喜欢对她来说已经是一件很遥远的事情了。她想,自己喜欢菲茨乔治先生,喜欢吉诺,喜欢巴克特劳特先生,也有一点儿喜欢戈瑟伦先生。但这是一种远离所有焦虑和激情的喜欢,她衰老的躯壳已渐失活力,所有情感也像潮水般渐渐退去。她只能说,与菲茨乔治先生一起漫步荒野,被他唤起那些久远的记忆,令人舒适而愉快,仅此而已。只不过,即使隔着时光的面纱看,半个世纪前的那天也显得太过耀眼。

即便如此,菲茨乔治先生仍未告诉斯莱恩夫人全部的真相。他没有告诉她,那天除了她和摇篮中的凯,他还看到她跪在地板上摆弄一大堆鲜花。时值冬季,这些鲜花似乎来自英国,却分明是采摘自印度的花园,玫瑰、飞燕草和香豌豆被分好类,堆放在她周围。地毯上还有许多盛满水的透明玻璃容器,在阳光的照射下,它们散射着错落的光点。她抬起头看向这位不速之客,他正撞见她在做一份不太符合总督夫人身份的活计。这种事情不是该由秘书或园丁来负责吗?但她选择自己动手处理。她的指尖有水滴落,用手拨开眼前的长发,同时拂去了她的整个私人生活,取而代之的是敷衍与客套。她站起身,用抹布擦了擦手,向他伸出手:"哦,菲茨乔治先生,"——是的,她暂时记住了他的名字——"请原谅我,我不知道已经这么晚了。"

人们注意到,菲茨乔治不再经常待在圣詹姆斯街的俱乐部。凯·霍兰德发现,比起以往,现在很难约老菲茨共进一次晚餐,而他完全猜不到其中的原因。他十分牵挂这位老朋友,猜想老菲茨也许是因为疲劳或生病而早睡了,不承想这种记挂实属多余。他们本就不会轻易打扰彼此的生活,凯也就不好贸然打听。他倒是常去菲茨乔治先生的住处，对那里可谓熟悉，也就能够想象他日常的生活状态。老菲茨会披着睡袍、趿着拖鞋，穿梭在屋内随意放置，但无与伦比的收藏品之间。他会在煤气灶上溶上一块汤片当晚餐，为了省电只点亮一个灯泡，这足够照亮他裹着睡袍的小身板，照亮那些镀金画框——或者，他会用一根插在瓶子上的蜡烛头来代替电灯？凯并没有亲眼见过老菲茨是如何生活的，但这完全合乎老菲茨的行事风格。凯确信老菲茨每餐吃得不多，住在满是灰尘的拥挤小屋里。老菲茨偶尔会请来一名女佣打扫卫生，但只被允许清洁特定范围的卫生。别说触碰藏品，就是一把椅子的位置也不得挪动。不过，生活在如此脏乱的环境中，老菲茨出门时却总是打扮得整洁而得体。凯一直很好奇，他是如何做到的？对凯来说，住所必须时刻保持清洁，不管耗费多少时间与精力，所见之处必须明亮。每年春季的大扫除是他最看重的，在这方面，连单身老姑娘都比不上凯·霍兰德。他还会卷起衬衫袖子，亲自用水清洗那些珍贵而易碎的宝贝。但是老菲茨！凯猜想，自他多年前搬来这里后，那两个房间就没有被彻底打扫过。老菲茨只顾往伯纳德街的这个"喜鹊窝"里不断堆东西，椅子上放不下了，就放在地板上，或塞进抽屉，塞得橱柜的门都关不上了，塞进去后就再也不碰,更别说掸灰了。除非有客人来,老菲茨想炫耀自己的杰作,才会将物品表面的灰尘吹去,让那些画作、青铜器,抑或是雕塑显出本来的样子。

老菲茨现在很少露面。他偶尔来俱乐部时,看起来一如往常,凯也就慢慢不再担心顾虑。如果说老菲茨实在有什么不同的话,那便是似乎活泛了些,奚落凯的时候也更来劲儿,眼中闪烁着光亮,仿佛在暗自得意地享受着某个秘密的笑话,除此之外,没有更多的改变。凯坐在他对面,感到温暖而快乐。没有人会像老菲茨那样,拿凯寻开心。凯有时很想提起他说见过摇篮里的自己的事情,但总是不好意思开口,毕竟他们很少谈及对方的隐私。

老菲茨似乎忘了让凯将自己引荐给斯莱恩夫人的事情,这让凯松了一口气。他确信母亲会拒绝任何陌生人的拜访,不希望她在汉普斯特德的养老生活被打扰。凯不禁暗喜,觉得自己在这件事情上的判断十分正确,成功避免了老菲茨的请求。不过,他时不时会感到犹豫:如此坚决地阻挠老菲茨去建立一段新的友情,是不是过于无情和自私了?以老菲茨的性格,他一定是纠结了很久才提出的请求。凯认为应当优先考虑母亲的感受,维护她的悠闲生活。嘉莉、赫伯特和查尔斯他们都无法理解母亲坚持退隐独居的意愿。但凯能理解这一点，因此将保护母亲免受打扰视作自己的使命。他也确实保护了母亲。尽管老菲茨常常让他感到犹疑，但无论如何，回避和推诿似乎已经成功地打消了老菲茨突如其来的兴致。凯心想，自己得找时间去看望母亲，告诉她自己这个聪明的儿子都做了什么。

但他一直拖延着没有动身，一月的天气冷得刺骨，凯像猫一样喜欢温暖和舒适。他娇生惯养，又上了年纪，实在无法适应阴凉寒冷的地铁。他很容易就找到了借口安慰自己。这个时节，他出门必定裹紧大衣、围好围巾。他从家门走出，一路穿过喷泉庭院，穿过那群因过于肥懒而挪不动步子的鸽子，走下台阶来到堤岸，沿着诺森伯兰大道走一段，然后穿过公园到圣詹姆斯街。这是他日常的散步路线，不会冒险地走更远。他散步，不只是为了锻炼身体，还因为他对所有公共交通工具过敏，并认为那些交通工具上有大量微生物存在。对他来说，那些微生物比爬行动物更可怕。他几乎每一天都想象自己会成为某种致命病菌的受害者。他每喝一口茶，都会想幸好水是煮沸的，没了细菌。正因如此，碰到下雨或下雪的天气，他便十分开心，因为有了不用出门的理由，可以安心待在家中。为了安抚自己的良心，他写信给母亲表示问候，并说自己感冒了，他听说流感病毒正在蔓延，希望吉诺可以照顾好母亲。不过他还是想，等天气转好，必须去一趟汉普斯特德。他要告诉母亲关于老菲茨的事情，不能再拖延了。母亲一定会开心，甚至会感激他成功拦下了想来拜访的老菲茨。

但是，凯与许多聪明人一样，拖延得太久了。他忘了菲茨乔治先生比他还大二十五岁。八十一岁不是能与时间耍花招儿的年龄。在二十岁、三十岁、四十岁、五十岁、哪怕六十岁时，人们可以说，这事推到明年夏天去办也不迟——虽然人生无常，即便在二十岁时，无法预料的危险也总是存在——但在一个人八十一岁时，这样的延宕无异于一种对命运的嘲弄。早些年看似不可能发生的事情，到了八十岁以后，就会成板上钉钉的未来。凯的标准或许被扭曲了，毕竟自己家族的人都很长寿。因此，当老菲茨的死讯传来时，他感到十分震撼。这是一次不折不扣的重击，他十分愤慨，完全无法相信这是真的。

他最初是从海报上察觉到的迹象：西区俱乐部名流之死。那天，他正沿着堤岸散步，准备去诺森伯兰大道吃午餐，无意间注意到这则新闻。但对他来说，它和布利克斯顿有公共汽车误入人行道的新闻没什么两样。他又走了一会儿,看到了其他午间版海报也刊登了类似的新闻:独居富豪死于西区。会是菲茨乔治吗?这一念头在他的脑海中闪过,但迅速打消了。因为他并不了解伦敦报界的习惯,认为不会有记者把伯纳德大街描述为西区。不过他还是买了一份报纸。穿过公园时,他注意到藏红花已经长出绿色的尖芽。这条路他走过无数次,他像往常一样来到布德尔俱乐部,悠闲地走了进去,点了一杯维希气泡水,展开餐巾,打开《标准晚报》,开始用午餐——一块牛腿肉排、一小碟泡菜。他无须告诉服务员自己要用什么午餐——他总是吃这些,日常生活如此千篇一律。报纸头版第二栏上写着《西区俱乐部名流离世:隐居富豪古怪生活揭秘》。这时凯还在疑惑:一个人怎么可能既是俱乐部成员,又隐居呢?他旋即发现报纸上菲茨乔治的名字赫然在目。

凯的刀叉哐当一声掉到盘子上,俱乐部的其他客人本来还在奇怪凯·霍兰德为何如此平静,这会儿注意到他的失态,窃窃私语:"他终于听到了!"听到?他们其实是说他终于读到了。说"听到"也没错,因为凯感觉报纸上的这个名字正发出震耳欲聋的尖叫声,就好像有人罩住了他的耳朵,让那声音愈发有力。"菲茨死了?"凯问邻桌的人。他与那个人谈不上认识，只是过去二十年里，常见面并习惯了与他点头致意。

凯已经完全不记得自己是怎么到菲茨乔治的住处的，只隐约记得翻口袋付了出租车费。他爬上楼梯，来到老菲茨的房间。门已经被砸了个粉碎，房间内站着两个高大魁梧的年轻警察——看起来很自负，又不失歉意。得知凯的身份后，他们表现得非常有礼貌，也很殷勤。裹着睡袍的老菲茨正躺在床上，身子异常僵硬。餐桌上有一条半沙丁鱼、一块没吃完的烤面包，还有一些煮鸡蛋的残渣，看上去十分令人不快。令凯惊讶的是，老菲茨还戴着一顶帽檐有流苏的睡帽。此刻的他看上去跟平常一样，但似乎又完全不同。凯说不出这种差异的来由，总之，这种差异绝不是因为老菲茨的僵硬，也许是因为凯自身的负罪感？他发现了老菲茨那不为人知的隐私时刻：穿着拖鞋，戴着睡帽，吃着从橱柜里拿出的最后三条沙丁鱼。"先生，我们不能动他。"其中一位年轻警察提醒说，生怕凯靠得太近，一时冲动想去触碰这个老朋友，"我们得先让法医工作完。"

凯退到窗前，想起了父亲的死亡，父亲和老菲茨的死亡有什么不同呢？他们选择了截然不同的人生道路。老菲茨蔑视这个世界，于是离群索居、独来独往，从内心获得快乐，从不违背自己的心意。只有那么一次，凯见到他被激怒，报纸刊登了一篇关于伦敦怪人的文章。"上天啊！"他说，"如今独善其身也成了一种怪癖？"他愤怒是因为自己的名字就列在其中。他不理解人为什么会如此好奇其他人的生活。在他看来，这种行为庸俗而无聊。他只求自己不被打扰，待在自己的小小世界，专心捣鼓自己的收藏，欣赏它们的美。这便是他的精神信仰、他的沉思方式。正因如此，死亡的孤独并没为他增添悲伤的色彩，因为这与他的选择是一致的。

　　菲茨的死让法官和行政人员感到焦虑。他们闯进房间时，凯正可怜兮兮地站在窗前，拨弄着窗帘。"这个老绅士，"他们看着僵硬而沉默的菲茨，说道，"可不是一般的富有。据报道，他的实际财富已达到了七位数。"他们处理过多起孤独死去者的后事，但死者大多是穷人，他们没有处理独居百万富翁的后事的经验。"他总归有些亲戚吧。"他们一边说，一边望向凯，似乎在嗔怪他。但凯说菲茨乔治先生没有亲戚，与任何世人都没有关系。"等一下，"他补充说，"问问南肯辛顿博物馆，他们也许可以告诉你们一些关于菲茨乔治的事情。"

探长闻言大笑起来，忽又想起自己还在死者屋内，迅速用手捂住嘴巴。他说："博物馆！打听一个死人的身世要去博物馆，这真令人沮丧。"显然，这位探长有一个很好相处的妻子、一群调皮的孩子，家中窗台上还摆着几盆红天竺葵。事实上，凯·霍兰德先生的发言并不算离谱。要不是博物馆，他和自己的下属根本就不会来这里，在没有谋杀和自杀案件的地方，警察的出现是不符合常规的。这次是因为博物馆致电伦敦警察厅，声称发生了重要事件，警察厅才派警察来到这里，看守那些可能成为国家遗产的贵重物品。尽管这位探长对这些物品不屑一顾，但一听说它们十分"贵重"，立刻表现得很欣赏。"但是，凯·霍兰德先生，您难道不能提供一个比博物馆更人性化的问询对象吗？"凯表示自己也不知道其他的选项，或许，他们可以在《名人录》中找一找菲茨乔治先生。

好吧，探长一边说，一边拿出笔记本，一本正经地做起记录。"他总有父亲吧？他的父亲是谁？别让那些烦人的记者进来！"他对那两个下属吼道。"他没有父亲。"凯说。凯感觉自己像一只被逮住的兔子，早知道就不来伯纳德大街，这些执法人员真让人讨厌。此外，凯怀疑探长的行为是否超越了他的职责范围，在调查这位已故百万富翁的身世时，他表现得过于好奇。

探长瞪着眼，脑海中闪过一个笑话，不过碍于自己的身份，抑制住了说笑的冲动。"那么他的母亲呢？"探长问。言外之意是，一个男人可能不清楚自己的父亲是谁，但总该有个母亲吧。凯早已摆脱了这种认知局限。他认为菲茨乔治先生也超越了这种局限，菲茨是一个完全独立的人，是一个为维护自身独立性而斗争的灵魂。"他也没有母亲。"凯平静地说。

"那他有什么？"探长边问边扫了一眼下属，眼神中透露着对凯的不屑：这简直是一个白痴。

凯有些头晕，很想回答：这是他的私人生活。菲茨乔治和探长有本质上的差异，探长所代表的观念，对菲茨乔治来说太过复杂。凯有些吃不消，但还是妥协了，指着房间里那些杂乱堆放的艺术品说："这些。"

"这可不够。"探长说。

"这对他来说已经足够了。"凯说。

"就这些破烂玩意儿？"探长又问。

凯沉默不语。

一位警察走上前，递给探长一张名片，低声说了几句。"好吧好吧。"探长看了看名片说，"让他进来。"

"楼梯通道上有很多记者呢,长官。"

"让他们离远点儿,我告诉过你。"

"他们说看一眼房间就走,长官。"

"看一眼也不行。告诉他们没什么可看的。"

"好的,长官。"

"告诉他们屋里只有一大堆破烂。"

"好的,长官。"

"让博物馆的那位先生进来,其他人不得进入。"探长说罢,转身对凯说,"看来博物馆真有可能知道菲茨乔治的身世。来人有可能是死者的叔叔,他来得正好。"探长把名片递给凯。凯看到上面印着:克里斯托弗·福尔杰姆先生,维多利亚和阿尔伯特博物馆。

来人是一个年轻男人,身穿蓝色大衣,戴着圆顶硬礼帽、羊皮手套和牛角框眼镜。他看了看菲茨乔治先生,很快移开了目光,打量起房间里那堆杂乱摆放的东西。他一边评估,一边和探长说着话。他的态度和探长完全不同,那对眼睛会时不时地亮一下,仿佛被什么耀眼的东西闪到了。他像一头兴奋的掠食动物,不自觉地将手伸向椅子或桌子,去抓一件件落满灰尘的宝物。他还毕恭毕敬地与凯·霍兰德打了招呼,这让凯在探长心目中的地位提高了不少。毕竟，博物馆是由英国政府授权出资并运营的公共机构，尽管补助可能十分微薄，但因此才博取，甚至可以说买来了探长的尊重。探长对待福尔杰姆先生比对待凯·霍兰德恭敬得多，毕竟他完全没看出凯·霍兰德是英国前首相的儿子，而福尔杰姆先生给了他名片，上面明明白白地印着自己身份的象征：维多利亚和阿尔伯特博物馆。

老实说，福尔杰姆先生颇有些不自在。上级急匆匆地派他来，无非是怕老菲茨的东西丢了，而过去四十年里，老菲茨不止一次暗示过博物馆，所以此时他们自信可以得到些遗产。凯·霍兰德又退到窗前，拨弄着那块脏兮兮的窗帘，完全明白探长和福尔杰姆先生都是在履行职责。探长要看守好这里，福尔杰姆先生被上级派来完成这份并不合意的工作。老菲茨发现宝贝时的喜悦，发现某件非凡杰作时克制的狂喜，不属于这个看重利益的世界。以凯对这个现实世界的了解，他明白一切也只能如此。即使站在老菲茨朋友的角度，他也没有感到这件事情有任何讽刺意味。探长在公事公办，福尔杰姆先生也不过是在照章行事，尤其是福尔杰姆先生，他的表现非常得体。

"当然，我知道我们无权干涉菲茨乔治先生收藏品的归属。"福尔杰姆说,"但考虑到藏品的极大价值,菲茨乔治先生生前曾多次提起他会把大部分财产遗赠给国家。我们博物馆方认为应该采取一些适当的财产保护措施。我奉命传达给您,如果警方需要我们的人来负责有关事宜,我们将随时听候调遣。"

"先生,我没弄清楚你的意思,这些破烂玩意儿价值连城?"

"是的。准确地说,价值数百万。"福尔杰姆先生饶有兴趣地说。

"嗯……"探长说,"我个人对这些东西一窍不通。在我看来,整个房间就像一个当铺。但既然你这么说了,那我相信你。这位先生,"他指了指菲茨,说道,"他真的没有家人,对吗?"

"我从未听说过。"

"这太不寻常了,先生。对这样一个有钱人来说,这太不寻常了。"

"有律师来吗?"福尔杰姆先生问道。

"目前还没有哪个律师事务所的人来,不过消息已经刊登在各大报纸的午间版。不是吧,这儿竟然没有电话机。"探长不高兴地在附近找了一圈,"那他们必须亲自来一趟了。"

"菲茨乔治先生是那种离群索居、独自生活的人。"

"这么说我就明白了，先生。你可以说他是一个喜欢独处的人。不过我觉得不好理解，我喜欢有人陪伴。你觉得他真的正常吗，先生？"探长敲了敲额头，问道。

"他也许是有点儿古怪，但仅此而已。"

"先生，像他这样的绅士，应该有一些公共职务吧，你说对吗？他应该会从事一些公共事业，在类似医院委员会之类的机构供职。"

"这个嘛，我不认为菲茨乔治先生想参与公共事务。"福尔杰姆先生说。凯甚至无法判断他的这种语气是出于同情，还是在吹毛求疵，因而补充说，"我不应该这么说菲茨乔治先生，毕竟他是一个能将这些无价的艺术珍藏品留给国家的人。"

"可是你还不确定他有没有把这些珍藏品留给国家。"探长说。

福尔杰姆先生耸了耸肩："他生前曾十分明确地暗示。再说，他如果不留给国家，还能留给谁？除非他把这些都留给了你，霍兰德先生。"他转头看向凯，似乎被自己的玩笑给逗乐了。

菲茨乔治先生既没把珍藏品献给国家，也没留给凯·霍兰德。他把全部收藏，包括其他财产，一并留给了斯莱恩夫人。遗嘱写在半张纸上，字迹清晰，叙述有条有理，并做了应有的公证。无论从哪方面看，这份遗嘱都没任何需要解释的漏洞。菲茨乔治撤销了之前的遗嘱：将财产捐给慈善机构，藏品则分配给各博物馆、国家美术馆和泰特美术馆。而现在的遗嘱明确指出，斯莱恩夫人享有遗产的绝对所有权和处置权。

这一消息让公众十分惊愕。博物馆方面为此感到愤怒与沮丧。与之形成鲜明对比的是，斯莱恩夫人的家人有说不出的惊讶与喜悦，他们很快齐聚在嘉莉的茶桌边。嘉莉那天下午已经见过母亲，这使她的话更有说服力。实际上，她是直接冲到汉普斯特德去的。"我们的母亲，"她说，"我不能让她独自面对那么巨大的责任，要知道她是多么不擅长处理那种事情。""究竟是怎么回事，"赫伯特那天异常暴躁，"这一切究竟是怎么回事？她怎么就认识了这个叫菲茨乔治的男人？凯和这件事情有什么关系？我们都知道凯和菲茨乔治是朋友。但我们从不知道母亲跟他有这等交情。我从没听她提起过菲茨乔治这个名字，从来没有。"赫伯特劈头盖脸地说了一通，像噼啪作响的野火一样激动不已。

"阴谋,这就是一场阴谋。凯是那个幕后黑手,想把那老头的东西据为己有。这下好了,凯什么都拿不到。"

"是吗?"查尔斯说,"我们怎么知道,凯和母亲私下有没有什么约定?凯总是和我们保持距离,神秘兮兮的。我一直觉得凯这人可能有点儿不择手段。"

"哦,那还用说。"梅布尔开口了。

"闭嘴,梅布尔!"赫伯特显得很不耐烦,"我赞成查尔斯的观点。凯是这样的,他向来有点儿神秘,像一匹黑马。母亲从未对我们任何人说过她的遗嘱,不是吗?"

"可是到目前为止,"伊迪丝插嘴道,"她也没什么可留给我们的。"伊迪丝因为加入了这场谈话而有些鄙视自己。

跟往常一样,没人在意伊迪丝的话。

"我不同意你们的说法。"威廉说。威廉在家里颇受尊重,因为他考虑问题还算周全,"如果凯和母亲之间有什么私下协议,他们不会让菲茨乔治的财产先归到母亲名下,想想那巨额的遗产税。"

"因为死亡而产生的遗产税?"伊迪丝说,还是像往常一样冒失,说了那个令人不快的词。

"至少五十万英镑。"威廉说,"所以说应该不是这样,那些财产直接给凯不是更好。"

"可是母亲就是不切实际的人。"嘉莉叹了口气说。

"太不切实际了,这甚至过于可悲。"威廉说,"她为什么不与我们中的某个人商量一下呢?现在好了,一切都已成定局了。奉天堂之名,她知道自己在做什么吗?"

"她似乎对此不感兴趣。"嘉莉说,"我去的时候,她正在看书,而吉诺在给角落里的猫喂饭。我不相信她真的在看书,因为当我问她书名是什么时——我只是随便问问,想找个话题——她没答上来,只说这是穆迪书店寄来的书。我们知道,母亲总是非常仔细地为自己拟定书单,从不让穆迪书店代劳。我费了好大的力气才挤进房子,因为房子周围都是记者,母亲让吉诺不要理会门铃声。我不得不绕进花园,在窗户下大喊:母亲!"

趁嘉莉停顿的间隙,赫伯特说:"你进去后,母亲说了什么,有做什么解释吗?"

"没有,她似乎是在印度认识的这个菲茨乔治,这位先生最近去拜访过她一两次。她是这么告诉我的。但我确信,她有所隐瞒。当她说起菲茨乔治去拜访的事情,旁边的吉诺不知怎么就哭了起来。吉诺掀起围裙一角,擦着鼻子走出了房间,边走边说了些'多好的先生啊'之类的话,我猜他应该经常给吉诺小费。"

"那母亲呢?她看上去伤心吗?"

"她非常平静。"嘉莉顿了一下,然后一本正经地说,"总而言之,我确信她隐瞒了什么没说。她一直试图转移话题,可这话题绕不开啊!很明显,她还没看到伦敦的那些报纸。唉,我只想帮帮亲爱的母亲,毕竟被误解的感觉并不好受。但她似乎不想让我管这些事情,将我推得远远的。"

"可是,"拉维尼娅说,"你母亲都这把年纪了,还有什么可隐瞒的呢?不会是……"

"谁知道呢,"嘉莉说,"有谁会知道?"

"不,"赫伯特说,"不可能的!我不相信!"作为一家之主,他正气凛然。

"也许确实不是。"嘉莉顺着他的话说,"赫伯特,我相信你的判断是最正确的。不过,我突然有一个非常奇怪的想法。"

他们凑上前,想仔细听听嘉莉的奇怪想法。

"算了,我不能说。"嘉莉似乎很高兴自己勾起了大家的好奇心,"我真的不能说,虽然我知道大家不会外传。"

"嘉莉!"赫伯特说,"你知道我们多年来的约定。要么把话说完,要么从一开始就不说。"

"那时我们都还小。"嘉莉不情不愿地说。

"那当然,如果你实在不愿意说的话……"赫伯特说。

"好吧,如果你们坚持要听。"嘉莉说,"我说。我们有谁知道母亲和这位老人——老菲茨乔治——是多年前的朋友。她从来没有向我们提起过。实际上,母亲在印度时就认识他了,就在凯出生的时候,或许更早也说不定。老菲茨乔治总是对凯很感兴趣,现在他死了,把一切都留给了母亲,而不是凯。但这并不意味着母亲不会再把这一切转给凯。也许,他就是想让凯得到它,然而出于对凯的保护,在故弄玄虚,你们也知道,像他这种古怪的老头总是害怕丑闻。"

"因为……"赫伯特说。

"没错,因为……"

"哦,不,不!"伊迪丝说,"这样的猜测太可怕了,嘉莉,这简直骇人听闻。母亲深爱父亲,绝不会背叛他的。"

"亲爱的伊迪丝！"嘉莉说，"你太天真了！你总觉得凡事非黑即白。"说完，她开始后悔当着伊迪丝的面说了这番话。伊迪丝很有可能会出卖她，将这些话告诉母亲。但就目前来说，理智告诉她，她必须与母亲处好关系。

伊迪丝愤愤地离开了，将他们留在身后，他们一齐把椅子拉得更近了些。

"然后，"嘉莉继续说了下去，"一个年轻人来了，这个年轻人非常令人不快。他叫福尔杰姆，来自某个博物馆。吉诺的表现实在欠妥，我想可能是因为福尔杰姆只是递给她名片，而没有正式介绍自己。总之，吉诺称他为'福莱詹姆'先生。我怀疑她是故意说错的，但我很快发现，他活该被这样对待。很显然，他和自己的什么博物馆，就是奔着遗产来的。唉，我们的母亲真可怜。这位福尔杰姆先生号称自己带来了博物馆的邀约，说要是母亲那边的空间不够，博物馆可以代为存放那些遗产。好在这一次，母亲相当聪明，什么也没承诺，只说还没想好如何处置。她虽然看着福尔杰姆，却仿佛他并不存在。然后，吉诺火急火燎地闯了进来，问母亲晚餐是吃炸肉排还是鸡肉。母亲回答说吃鸡肉，虽然不算经济实惠，但好在第二天还能吃。我们的母亲一年的收入是多少?少说也有八万英镑啊!"

拉维尼娅咕哝着,发出某种奇怪的声音。

"可是母亲面对我时,也同样不愿多说。"嘉莉接着说,"我一直在向她保证,我只是想帮帮忙——你们是了解我的,知道我所说的是事实——但她看着我的眼神和看那位福尔杰姆先生时一样茫然。她似乎一直在想别的事情,可能是想起了一些伤感的往事。"嘉莉生气地说,"她甚至没留我共进晚餐。吉诺跑进来说鸡肉快做好啦,很快就可以吃啦。但母亲什么都没表示。我最终不得不和福尔杰姆一起离开,还载了他一程。他告诉我,那些收藏少说值几百万英镑。"

"可怜的父亲,"赫伯特说,"我第一次认为他不在人世反而是一件好事。"

"是的,这真是莫大的欣慰。"嘉莉说,"可怜的父亲,他完全被蒙在鼓里。"

他们不再说话,默默地消化这个让人感到欣慰的事实。

"但是,"一向务实的威廉继续之前的话题,"母亲会如何处置那些收藏和那么多的钱呢?每年八万英镑!还有大约两百万英镑的艺术品！如果卖掉这些收藏，她每年将会有十六万英镑的收入，如果她按百分之五的回报率去做投资，获得更多的收入完全不在话下。"他的声音变得尖锐起来，但凡谈及钱的问题，他的声音就会变尖，"谁也搞不清母亲会怎么办。看看她对那些珠宝的随意态度，她似乎不知道那些东西的价值，对责任也没什么概念。以我们对她的了解，她可能会将全部藏品交给国家。"

斯莱恩一家感到恐慌。

"威廉，你不会真这么想吧？她对孩子们总该有些感情吧？"

"我确实这么想。"威廉努力让自己振作起来，"母亲就像一个孩子，她会把红宝石当作鹅卵石看待。她从未真正学到什么，一生都过得浑浑噩噩。其实我们一直心照不宣地认为，母亲和别人不太一样。一般人不会这么说自己的母亲，但在当前这个节骨眼上，我们不能再由着她的性子来。她随时可能做出不靠谱的事情来，让人绝望不已，我们却无能为力！"

"别胡说，威廉。"嘉莉觉得威廉过分夸张了，"母亲一向理性。"

"是吗，即使她跑去汉普斯特德定居也是理性？"威廉阴沉着脸说,"我不相信你说的理性。一个人到了母亲这种年纪,还去开辟什么新的人生路线,那是理智的吗?甚至在她非常荒唐地处理了珠宝时,也是理智的吗?"他看向梅布尔。梅布尔正紧张兮兮地努力用衣服上的蕾丝边遮住珍珠项链,"不,嘉莉。母亲从未脚踏实地地生活过,像一只云中的杜鹃鸟,幻境是她的家园。不幸的是,她遇到了幻境中的另一位栖息者:菲茨乔治先生。"

"那巴克特劳特呢?"嘉莉说。

"什么?"威廉说,"确实,巴克特劳特很可能会诱导她,让她乖乖地献出全部财产。可怜的母亲,那么天真、那么愚蠢,像一只待捕的猎物。我们该怎么办呢?"

与此同时,巴克特劳特先生去探望了斯莱恩夫人,就这突如其来的情况向她表示慰问。

"你瞧,巴克特劳特先生,"斯莱恩夫人看上去病恹恹的,显得很困惑,"菲茨乔治先生真的清楚自己做了什么?我明白,他是想让我欣赏那些收藏品的美,可为什么还要留给我那么多钱呢,我能做什么?我的钱足够用。巴克特劳特先生,我曾经认识一位富翁,他是我见过最不快乐的人。他害怕被暗杀,雇了很多私家侦探。他还坚决不交朋友，因为他总认为别人居心叵测。用餐时如果有人坐在他旁边，他就会一直提心吊胆，猜想那人是不是故意接近他，最终目的是让他给慈善机构捐款。很多人都反感他，但我很喜欢他。我见过太多的人，他们不信任任何人，仿佛能嗅出那种别有用心的气味。可是巴克特劳特先生，我不想被置于同种境地。荒谬的是，在所有这些人之中，竟然是菲茨乔治先生把我牵扯了进来，我认为他根本不知道自己究竟做了什么。"

"斯莱恩夫人，在世人眼中，"巴克特劳特先生说，"菲茨乔治先生给予了你巨大的好处。"

"我知道，我知道。"斯莱恩夫人说，同时感到深深的忧虑和苦恼，又不想让人觉得自己不领情。

她想，自己这一生，总有人在给予她好处，那些她并不想要的好处：首先是亨利，让她成了总督夫人，继而是英国首相夫人；现在是菲茨乔治，将大量的金银财宝堆到她平静的生活之上。

"我从来不想要这些东西，巴克特劳特先生，"她说，"我只想躲得远远的，但这个世界竟不愿意成全我，即便我已经八十八岁高龄。"

"即便是最小的行星，也不得不围着太阳转。"巴克特劳特先生郑重其事地说。

"那这是否意味着,"斯莱恩夫人说,"不管我们情不情愿,都得绕着财富、地位和名声打转呢?我原以为菲茨乔治先生是个明白人,你明白吗?"她绝望地向巴克特劳特先生求助,"我以为自己终于摆脱了这一切,可现在,偏偏是他,菲茨乔治先生,又把我推回困境中。我该怎么做,巴克特劳特先生?我该怎么办?菲茨乔治先生搜罗的那些东西,我相信它们一定很美,可我并无欣赏它们的能力。我喜欢上帝的创造物多过人类的杰作。上帝的造物,免费馈赠给每一个能欣赏它们的人,无论他是百万富翁还是穷人。而人类自己的作品呢,则只有有钱人能够得到。倒不是说菲茨乔治先生也是这样的人。"她补充道,"他看中的是艺术品的价值,他是一位真正的艺术鉴赏家。当然,他也是一个吝啬鬼,他不会以市场价购买艺术品,真正能让他开心的是,他觉得自己得到的是上帝的杰作,而非凡人的劳动成果,你明白我的意思吗?"

"我完全明白。"巴克特劳特先生说。

"很少有人会理解我。"斯莱恩夫人说,"你鼓励我,同情我的处境,但少有人能做到这一点。所有这些贵重物品,我都不想要。它们或许很美,但我一想到壁炉架上摆着一件切利尼的陶制品，就担心吉诺会在某天早餐前打碎它。如果我想欣赏康斯特布尔笔下的树，宁愿去荒野看一看，那就足够了。"

"而不是直接拥有康斯特布尔的画作？"巴克特劳特先生机灵地问，"菲茨乔治先生的那些藏品，少不了有康斯特布尔的，或许还会有他为汉普斯特德的荒野作的画。"

"好吧，我也许可以留下那幅画。"斯莱恩夫人放松了些。

"不过剩下的呢，斯莱恩夫人，"巴克特劳特先生说，"除了可能愿意留下的几件，其余的藏品你打算怎么处置？"

"把它们通通送掉。"斯莱恩夫人厌倦地说，"就让国家去处理吧。那笔钱则交给医院，菲茨乔治先生最初也是这么打算的。让我快快摆脱这一切吧，我只想摆脱它们！此外，"她停顿了一下，以巴克特劳特先生早已习惯的转折方式说，"想想看，那会让我的孩子们多么恼火。"

巴克特劳特先生完全能体会到斯莱恩夫人这一玩笑的微妙之处。原则上讲，他对这种恶作剧式的玩笑并不感兴趣，他认为这种行为幼稚而愚蠢。不过这次他被逗笑了，尽管从未见过斯莱恩夫人的子女，但他已经敏锐地察觉到他们的秉性。

"不过你去世之后,"巴克特劳特先生以他一贯的直率说,"讣告将会说你是一个大公无私的捐献者。"

"哈,我应该读不到那些讣告。"斯莱恩夫人说。斯莱恩勋爵去世时,她就明白讣告里会存在大量虚假的溢美之词。

巴克特劳特先生离开之后,依然为这位老朋友的困惑感到担忧。也许会有很多人认为,斯莱恩夫人的忧郁和懊恼很奇怪,但他不这么认为,斯莱恩夫人不过是不认同世俗的价值观念,憎恨它们无休止地强加在她身上而已。因此,她有这样的反应是再自然不过的。此外,他也了解她曾经的梦想和野心与她的实际遭遇大相径庭。巴克特劳特先生虽然直率——很多人认为他这人有点儿疯——但他有一种直接而无偏见的智慧:他知道,标准需要随着环境的变化而变化,期待环境来适应标准的想法十分荒谬,尽管这种情况很常见。斯莱恩夫人是不幸的,她经历了充满挫折的一生,像瘫痪的运动员一样值得被人同情。这无疑是一种非传统的观点,但巴克特劳特先生从未质疑过它的合理性。

吉诺听说斯莱恩夫人的计划后差点儿昏过去，内在的法国灵魂受到了巨大的震动。要知道这些天来，她得意扬扬，好像身处云端，为了庆祝这突如其来的、难以置信的财富暴涨，甚至给猫多买了一些鱼。得知夫人获赠这笔遗产，她的心情十分复杂。她在报纸上看到了那个数额，扳着手指数了好几次，才弄清楚一共是几个零。她知道一百万、两百万是什么概念，但在实际生活中，她只是下定决心去问一问夫人，能否每周请三次女佣，而不是现在的每周两次。迄今为止，即便风湿让她的行动越发不便，但为了节省开支，她一直没提出这一请求，只是在围裙内多垫了一层牛皮纸，再套上一条衬裙来缓解不适。她知道夫人手头并不宽裕，所以宁愿自己多受些苦。

一天晚上，吉诺来收拾餐盘，斯莱恩夫人漫不经心地告诉她自己的这一决定。一瞬间，吉诺对未来的所有美好憧憬都破灭了。"怎么会这样，夫人？"她惊叫道，"我还以为我们的好日子要来了。"吉诺真的很绝望。这些日子，她为夫人再次成为公众关注的焦点感到非常高兴。那些日报、周刊全都刊登了夫人的照片。这些照片没有一张是近期的，都是很久以前的了。照片上的夫人还是总督夫人、大使夫人，身穿晚礼服的夫人还很年轻，浑身珠光宝气，发冠闪闪发光，坐在一棵棕榈树下；或是手捧一本书，但并没有读；或者身旁围着孩子们——穿着水手服的赫伯特，穿着宴会礼裙的嘉莉——吉诺记得很清楚——他们深情地靠在母亲肩头，低头望着母亲怀里的婴儿——那是查尔斯吗？还是威廉？甚至有一家报社声称如今想拍到一张斯莱恩夫人的照片是不可能的，于是他们直接选用了斯莱恩夫人七十年前穿婚纱的照片，还放上了斯莱恩勋爵的照片与之相配，勋爵穿着马靴、手执步枪，一只脚踩在老虎身上。斯莱恩夫人莫名地不喜欢这些照片，但吉诺认为它们很合适。她说，尽管轮不到自己来指手画脚，但夫人是否考虑过自己的地位，以及应得的那些东西？夫人习惯了有随从副官、仆人服侍的生活，他们随时待命，只要夫人一个指令就立刻行动。当时夫人被服侍得很好。就在吉诺绝望之际，她突然想起了什么，随即大笑起来，双手在大腿上来回摩挲。"啊，天哪，夫人。这下夏洛特夫人满意了！威廉先生也是！哈，这真是个有趣的恶作剧。"

菲茨乔治先生的去世，让斯莱恩夫人再度陷入孤寂。她依照之前的打算，将遗产悉数转赠，给那些热切期盼的子女泼了一盆冷水。她甚至禁止吉诺把报纸带进屋子，直到有关此事的新闻逐渐平息。她谢绝任何子女的拜访，除非他们保证绝口不提此事。

嘉莉绞尽脑汁，写来一封言辞激烈的信。她说这件事儿给自己带来了极大的伤害，需要几个星期，甚至几个月疗伤。她现在还无法遵守母亲的禁令，对此事保持沉默，无论如何也做不到。等心情稍稍平复，她会再写信来。字里行间都在暗示斯莱恩夫人做了一件有失体面的事儿。

斯莱恩夫人对此不为所动。多亏了凯和巴克特劳特先生，有关捐赠的一切都很顺利，他们负责与各方交涉，而她只需在文件上签字即可。即便如此，她仍然感到疲惫不堪、心力耗尽。她与菲茨乔治的友谊，可谓一段奇特又愉快的缘分。她知道，这大概是自己人生中最后一次如此奇怪而愉快的际遇了。她再无所求，只盼余生能平静度日，放下所有烦恼。

斯莱恩夫人偶尔会在报纸上看到家人的消息：嘉莉办了一个露天集市；嘉莉的孙女正在参加一场慈善音乐会；查尔斯终于在《泰晤士报》上发表了自己的文章；赫伯特孙辈中最年长的理查德赢下了一场定点越野赛马

比赛；理查德的姐姐黛博拉，已经和一位公爵的长子订了婚；赫伯特本人在上议院发表了演讲，有传言说，下一个空缺的总督职位将授予赫伯特，而他早已在新年的授勋仪式中被授予圣乔治骑士勋章……斯莱恩夫人思忖着这些琐碎而遥远的事情，想起了自己的过往。"多么乏味、平庸、陈腐而毫无意义的生活啊！"她喃喃自语道，同时一手拄着拐杖，一手扶着楼梯扶手，小心翼翼地走下楼梯。她心想，人到暮年，又何必再去读莎士比亚之外的其他作品呢。或者说，生命早期亦是如此，因为无论是活力四射的青春，还是成熟稳重的暮年，莎翁似乎全都懂得。但也许只有真正成熟的人，才能参透他的深意。

她注视着这些人，他们的生命都由她而来。有的人已步入中年，有的才刚刚踏上人生旅程。年轻的黛博拉一定为订婚感到高兴；年轻的理查德策马驰骋在乡间时，定是意气风发。想到这两个小家伙，她温柔地笑了。但她很快想到，当热情洋溢的青春逝去，他们会变得冷漠无情；他们会精于世故，变得自私自利。年轻人那种率性而为的慷慨，将被中年人的谨慎所取代。他们再也不会抗争，连灵魂都不会挣扎，他们只需要硬着头皮进入为他们准备好的模具。斯莱恩夫人长叹一口气，对他们的存在负有间接责任。那条长长的、疲倦的后代之蛇从她身边溜走。她感到很难过，盼着早日解脱。

不过，她做了一件连自己都感到费解的事情。当她写好信、贴上邮票，交给吉诺去邮寄后，才后知后觉地反应过来，觉得自己是在恍惚时行动的。她说不清是什么冲动驱使着自己，是什么奇怪的欲望推动着自己，让自己重新与那个她曾决意摒弃的生活建立联系。也许她的孤独比人类的勇气还要强烈。也许她高估了自己的毅力。只有非常坚定的灵魂才能忍受孤独。即便如此，她还是给一家新闻简报机构写了信，嘱咐他们将有关斯莱恩家族的报道提供给她。尽管在她内心深处，她只想看到曾孙辈的消息，对嘉莉、赫伯特、查尔斯和威廉的境况并不关心。他们已经走过并将继续前行的路一目了然、毫无惊喜，也无乐趣可言。但即使在恍惚之中，她也没有向霍尔本的这家机构透露自己的身份，而是巧妙地把自己的真实愿望伪装成一份寻常的订单。然而，当一个个绿色的小包裹陆续送达，所有提及子女的剪报都被直接扔进了废纸篓，只有关于曾孙辈的内容被小心翼翼地保存下来，贴进了从街角文具店买来的相册里。

她从这项消遣中获得了非同寻常的乐趣。每个晚上，她都在粉色台灯下摆弄剪报。她给自己定下规矩，每天晚上只允许往相册上粘贴一小部分，剩下的留着明天粘一点儿，后天粘一点儿。她得省着用，每周只会收到两到三份简报。所幸，斯莱恩夫人的曾孙辈中，有两个已长大成人，他们的社会活动丰富多彩。事实上，他们是当今杰出的年轻人，对八卦专栏来说颇具新闻价值。斯莱恩夫人读了很多，通过这些零星的报道，构建他们的品行与个性，并结合自己对他们的了解，加深对他们的印象。孩子们对她的这项消遣活动一无所知。正是这种隐秘，极大地增加了她半调皮、半感伤的乐趣。对她来说，这种快乐完全是私人的事情，是一个热情又美好的秘密玩笑，但也像栀子花瓣一样脆弱易损。只有吉诺知道夫人每晚在干什么，但吉诺从不去打扰。吉诺就像夫人的靴子、热水瓶，是夫人生活的一部分，或者名为约翰的猫一样，以无与伦比的整洁和高贵姿态坐在炉火边。吉诺对霍兰德家的年轻人同样感兴趣，尽管吉诺的视角与夫人有所不同，但很快意识到夫人重燃的热情，很高兴夫人终于有了新的爱好。信一到，吉诺就会跑去屋前的邮箱，取出绿色小包裹，一路小跑着进屋。"到了，夫人，它到了！"吉诺满怀期待地站在一旁，等着夫人揭开包装纸，露出里面的一叠叠纸片。天哪，有些报道实在毫无意义——地铁站寻宝游戏、舞会、派对……偶尔会有一些照片：理查德穿着马裤，黛博拉在化装舞会上模仿了苏格兰玛丽女王。这些事情虽然无甚意义，但他们还年轻，倒也无伤大雅。斯莱恩夫人翻看着它们，又有谁能真正揣测她的感受呢？也许只有吉诺可以。吉诺欣喜地握紧了双手。"啊，夫人，理查德先生多么英俊啊！啊，夫人，她真是太漂亮了！"她指的是黛博拉。斯莱恩夫人会心一笑，为吉诺的赞美感到高兴。她毕竟上了年纪，一点儿小事也能让她开心。"是的，"她看着理查德的照片说，照片里的他浑身泥泞，一只胳膊夹着银杯，另一手拿着一根马鞭，"他是个体格健壮的年轻人——还不错！""还不错？"吉诺愤愤地喊道，"他太出色了，简直是神一样的人物，如此优雅、如此时髦，所有年轻女士都会为他疯狂。他将追随曾祖父的脚步，成为英国总督、首相，天知道还会是什么大人物，夫人会亲眼看到的。"吉诺对世俗的声望有着积极的认识，并不知道夫人对这些事情有多不屑一顾。"不，吉诺，"斯莱恩夫人说，"我不会看到的。"

在如此遥远而陌生的距离之外，斯莱恩夫人唯一能看到的是他们可爱而略带傻气的青春。谢天谢地，当他们僵化成愚蠢的成年人时，她已经不在了。他们此刻的狂放与不羁，无法让他们免于成年的荒唐与愚蠢。"仙女和牧羊人，一起走吧。"斯莱恩夫人低声说，望着照片上他们浓密的头发，纤细而灵活的肢体，"啊，吉诺，"她说，"年轻真好。"

"这个嘛，要看是什么样的青春了。"吉诺说。

吉诺的青春可算不上美好。作为穷人家的第十二个孩子，吉诺早早被送去普瓦捷附近的一个农场。谷仓的稻草堆就是吉诺的床铺，吉诺几乎见不到父母。无论冬夏，吉诺每天凌晨五点必须准时起床。如果吉诺干活儿不够勤快，就会挨打。"我的青春就是这样。"吉诺说。对吉诺而言，那些兄弟姐妹几乎成了陌生人。这样的青春有什么好的呢？吉诺和斯莱恩夫人相伴近七十年了，但斯莱恩夫人从未听说这些事情。她好奇地转向吉诺问道："吉诺，当你再次见到你的兄弟姐妹时，你觉得陌生吗？"

"一点儿也不，"吉诺说，"血浓于水，一家人就是一家人。"吉诺十六岁时回到巴黎，走进自己家的小公寓，一切再自然不过，好像她本就属于那里。普瓦捷附近的农场消失了，她再也没想起过它。尽管她比任何人都清楚，那些母鸡会在哪里下蛋。她就这么回到了兄弟姐妹之间，找到了属于自己的位置，仿佛从未离开过。不过她和其中一个姐姐有些小矛盾。那时，这个姐姐刚生下一对双胞胎，而此前，姐姐的大孩子死于白喉，大家试图隐瞒这一噩耗，但不知怎的，姐姐还是猜到了。姐姐猛地从床上跳起来，穿着睡衣径直冲向墓地，扑倒在坟墓上大哭。吉诺被派去带姐姐回来，吉诺来不及想让自己这个十几岁的女孩去做这样的事情是否合适。这实属迫不得已，她的母亲必须留在家里照顾那对双胞胎。不过，吉诺没能在家里待太长时间。她的父亲在登记处填了她的名字，很快她就被告知，要横渡英吉利海峡去英国服侍夫人。

吉诺简洁的讲述颇具哲理。斯莱恩夫人听着，心中感慨万千。她开始责怪自己，为什么这么多年来从没问过吉诺的往事。这么长时间以来，她对吉诺的一切习以为常，从不知道这副强健的身躯中，蕴藏着丰富而不为人知的人生经历。吉诺必定经历了一场奇妙的转变：从普瓦捷附近的农场，到富丽堂皇的政府大楼和总督府……相比之下，她那些曾孙辈的经历实在肤浅，她自身的阅历也同样单薄，过于文明，与现实完全脱轨。她会为了自己未竟的事业，在私下里彻夜思虑，却从未被强迫去将一个心神错乱的姐姐从新掘的坟墓上拉开。她简直无法想象那样的场景。她看着吉诺，吉诺正平静地站在那里讲着那些往日的苦难。斯莱恩夫人心想，究竟哪种伤口更深呢？是现实无情的伤疤，还是想象中深刻而无形的伤口？

斯莱恩夫人猜想，从那时起，吉诺就再也没有了自己的个人生活，一生都在服侍她，自我被完全掩盖了。斯莱恩夫人自责起来：唉，她不过是一个自私自利的老妇人罢了。然而，她转念一想，自己的一生何尝不是如此？她把一生献给了亨利。因此，不必因忧郁伤感而过分自责。

斯莱恩夫人的思绪又回到吉诺身上。吉诺从自己的家到亨利·霍兰德家，奉献了最真实的情感、全部的骄傲、野心和势利。亨利被授予贵族爵位时，吉诺兴奋地唱起了赞歌。对每一个孩子，吉诺都视如己出，除非为了保护夫人，否则她不会挑剔霍兰德家的孩子们。自从夫人的子女们不再来这所房子后，这种情感便转移到了曾孙辈身上。因此，当听到夫人拒绝接待黛博拉和理查德时，她忠诚的灵魂仿佛瞬间裂成了两半。斯莱恩夫人不得不解释，年轻人的活力会让年老的自己感到无比疲惫。听到这话，吉诺立刻改变了想法。"是的，夫人。年轻人很容易让人感到疲惫。"

吉诺将那些陆续寄来的绿色包裹和夫人的相册，视作家族荣耀感的回归，并表示十分欢迎。在她朴素的价值观里，繁衍后代是可贵而重要的使命。她自己没能繁衍后代，便将她仰慕的夫人视为寄托，以此获得替代性的满足。"这让我感觉好多了，夫人。"她眼里噙着泪水，"看到您专注地摆弄这一罐胶水，我感到好多了。"还有一次，她抱起那只名为约翰的猫，让它看《尚流》杂志上理查德的整版照片。"看啊，波波，多么英俊的小伙。"约翰挣扎着不肯看。她只好把它放下，失落地说，"这真有意思，夫人。动物非常聪明，但它们不认识图像。"

这些日子，斯莱恩夫人很少去考虑别人的感受。然而，她确实想知道那些年轻人对她的看法。他们会对她放弃菲茨乔治的财产持什么态度呢？他们也许会十分愤慨，责怪他们的曾祖母剥夺了原本属于他们的利益。至少，他们绝不会认为她有什么浪漫的动机。虽然无须道歉，但也许她欠他们一个解释？如今怎么能联系到他们呢？在她想要提笔写信时，自尊抓住了她的手腕。毕竟在任何一个有点儿理智的人看来，她待他们的态度都过于不近人情。她先是拒绝见他们，然后又剥夺了他们轻松获得巨额财富的权利。在他们眼中，她一定是自私自利和轻率冷酷的化身。斯莱恩夫人为此感到苦恼，尽管她是在按自己的信念行事，菲茨乔治不是也曾责备过她违背初心吗？突然，如灵光乍现一般，她明白了菲茨乔治的良苦用心：为了让她有勇气拒绝外在的诱惑。他给她的与其说是财富，不如说是一个忠于自己的机会。斯莱恩夫人弯下腰，抚摸着那只猫，她平时并不太喜欢它。"约翰，"她轻声说，"约翰——我很幸运。在我意识到老菲茨的用意之前，我就做了正确的决定。"

从那以后，斯莱恩夫人感觉轻松了些，尽管一想到年轻的后代们，她又不免烦恼起来。奇怪的是，虽然她已经为自己的行为找到了真正的原因，但还是感到良心不安。似乎是因为自己太过放任自我，专注自己的感受，也许是因为她决定得太仓促了？也许那对子女们太不公平？也许一个人不该为了自己的想法而要求他人做出相应的牺牲？她完全只考虑了自己的想法，甚至还有一种恶作剧般的乐趣——惹恼嘉莉、赫伯特、查尔斯和威廉。在她看来,一个人不该拥有如此多的宝物和巨额财富。因此,她迅速处理了它们,将珍宝献给大众,钱财分给穷人。这一逻辑简单而犀利。照此来说,她不该怀疑自己做错了什么。但是,再怎么说,难道她不应当考虑一下自己的曾孙辈吗?这是一个难以捉摸的问题,她无法给出答案。她曾向巴克特劳特先生倾诉这一心事,但他也没有提供任何帮助。巴克特劳特先生说,他不仅完全认同她的决定,而且考虑到末日即将到来,这件事情怎么决定都不重要。"我敬爱的夫人,"他说,"当你收藏的切利尼、普桑和子孙后代都化为行星尘埃,你所谓的良心问题都将不再重要。"这话倒是不假,但对解决她眼下的问题毫无帮助。天文学意义上的真理可能会拓展人的想象力,但无助于解决当前的问题。她望着巴克特劳特先生,苦恼极了。她突然想起了先夫亨利,如果他还在,他会说什么呢?一想到这里,她更加苦恼了。

"黛博拉·霍兰德小姐来了!"吉诺推门走了进来。她推门的气势好像巴黎大使馆气度不凡的总管家。

斯莱恩夫人慌忙起身,长裙的绸缎和蕾丝裙边发出柔和的沙沙声,手上的针织物散落了一地。她弯下腰,心不在焉地捡拾着。她现在脑海一片混乱，各种思绪不停地旋转着，完全想不出黛博拉此次造访的理由。对这一次意料之外的会面，她毫无心理准备。她向来不善于应付这种场面，有些昏聩的头脑早已失去了往日的敏捷。更何况，她和巴克特劳特先生刚才还在谈论她的那些曾孙们，而现在，赫伯特的孙女便突然到来。她真不知道该如何是好。"我亲爱的黛博拉。"斯莱恩夫人急忙迎上前去，刚捡起的织物又一次掉到了地上。她想去捡，又在中途放弃了，最后总算在黛博拉的脸蛋上吻了一下。

自斯莱恩夫人搬出埃尔姆帕克庄园以来，黛博拉是第一个来拜访她的年轻人，斯莱恩夫人为此感到困惑。这栋位于汉普斯特德的房子的大门，平常只为菲茨乔治先生、巴克特劳特先生和戈瑟伦先生敞开。当然，她的子女们偶尔也会来，虽然他们不太受欢迎，但毕竟他们也都上了年纪。黛博拉却不同，是一个真正的年轻人。黛博拉戴着一顶皮帽，既漂亮又可爱，举止优雅，正是简报照片中的那个女孩，和斯莱恩夫人想象中的一样。上回她见黛博拉还是在一年前，当时黛博拉还是学生模样，现在已经变成了年轻女士的样子。这一年来，黛博拉活跃于时尚界的种种活动，斯莱恩夫人都了如指掌。

斯莱恩夫人立刻想到了那本剪报集。她松开黛博拉的手，匆忙走到书桌边，把相册从台灯下移进一个角落，仿佛那是一杯脏兮兮的茶水，又用吸墨纸盖住了它。真险啊，这下安全了。她转过身来，正式地将黛博拉介绍给巴克特劳特先生。

巴克特劳特先生很有分寸，寒暄了几句后很快就告辞了。斯莱恩夫人了解他，担心他会大谈那些天文学话题，提到她近期的古怪行为，让黛博拉和她都感到尴尬。然而，巴克特劳特先生表现得相当老成，聊起有关季节的客套话，春天来了，伦敦街头又出现了手推车花贩；如果剪掉银莲花的茎，它在水中的寿命会有多长；乡间雪花莲盛开，很快会被报春花取代；还聊了聊科文特花园。他完全没有提及自己的末世灾难学或黛博拉·霍兰德的曾祖母在财富处理上的正确判断。只有一次，他差点儿失言，身体前倾，用手指抵着鼻尖说："黛博拉小姐，你和斯莱恩夫人有点儿像，而我有幸能称她为我的朋友。"所幸，他没深入地聊下去。过了一会儿，他觉得时机差不多了，便立刻起身告辞。斯莱恩夫人对他颇为感激，可望着他离去的身影，又感到一阵沮丧。现在，只剩下她和黛博拉两个人了。黛博拉，这曾经也是自己的名字。

斯莱恩夫人料想最初的谈话会是闪烁其词且毫无意义的客套。不过这样也好,她害怕某个不经意的词语,或一句无心的措辞,点燃谈话的导火索,引出现实的冲突。紧接着,对话就会像童话故事里杰克的豆茎般迅速生长,瞬间通向一连串的责备。斯莱恩夫人无论如何也没料到黛博拉会坐在她身边,将头靠在她的膝盖上,直截了当地感谢她所做的一切。斯莱恩夫人没有说话,只是把手搭在黛博拉的头上。她太感动了,一时竟说不出话来。她想让这个年轻的声音继续说下去,想象着说话者就是年轻时的自己。她甚至想象着自己终于找到了一个知己,可以向其吐露心声。她已经老了,也累了。她情愿迷失在这甜蜜的幻觉中。她听到的是回声吗?是她自己的回声吗?是某种奇迹抹去了岁月的痕迹?还是过往的岁月开始重演?她用手指拨弄着黛博拉的头发。那头发短短的,并不卷曲,不是她年轻时的长卷发。隐约间,她以为自己完美地执行了那次逃跑计划。她那时真的离家出走了吗?她真的选择了自己的道路,而不是亨利?她是不是正坐在一位值得信赖的朋友身边,仿佛内心有一团火,坚定地倾诉着她逃离的理由,以及自己的抱负和信念？黛博拉真幸运！黛博拉如此坚定、如此值得信赖，而且如此被人理解。但她指的是哪一个黛博拉？她并不知道。

菲茨乔治死后，斯莱恩夫人曾告诉自己，她再也不会遇到奇特而有趣的事情了。现在看来，这真是一个草率的预言。黛博拉的意外出现又带给她奇特而有趣的经历，曾孙女黛博拉和自己的人生轨迹交织纠缠，记忆也随之混淆。菲茨乔治的死使她一下子变得衰老，她这个年纪的人都会猝不及防地突然变老，头脑也不再那么清醒了。不过她至少认清了这一点，对黛博拉说："继续说，亲爱的。你可能是在和年轻时的我说话。"年轻而自我的黛博拉并未理解这句话的意义。而斯莱恩夫人确实也是无意中说漏了嘴。她无意向曾孙女透露自己的内心世界。如今，她的手已经触到死亡之门的门闩上，无意重复一遍自己的过去，让年轻的黛博拉感到困扰。对她来说，像现在这样做一个安静的倾听者已经足够。她还可以任自己的秘密在脑海中自由出入—— 毕竟，她一直很享受沉浸在隐秘的欢喜中，现在，这种乐趣变得更加私密，朦胧而不鲜明。她的感知既强烈又模糊，因此可以尽情地去感受，而不必被迫去思考。人生的暮色渐渐降临，岁月也已臻于成熟，她竟再次回到青春的浪潮中，成为在河中摇曳的芦苇，成为驶向大海的一艘小艇，然而一次又一次，被带回安全的水域。青春！青春！死亡如此触手可及，她竟想象自己再度身临险境。但这一次，她将勇敢地面对挑战，将不再妥协让步，如此坚定而自信。

她——眼前的这个孩子，这个黛博拉，这个自我，这另一个自我，这个斯莱恩夫人自我的投影，无比坚定而自信地说，她的订婚是个错误。她是为了取悦祖父才同意订婚的。（她不在乎母亲，也不在乎祖母——可怜的梅布尔！）她说，是祖父对她寄予厚望，期待她有朝一日成为一个公爵夫人。她说，和她自己想成为一个音乐家的梦想相比，那又算得了什么呢？

当她说到"一个音乐家"时，斯莱恩夫人感到一丝震惊。斯莱恩夫人原以为黛博拉会说"一个画家"。不过这没什么分别，本质上是一样的。斯莱恩夫人失落的感觉很快消失了。黛博拉说出了自己当年想说的话。如果和价值观念一样的人结婚，黛博拉并无意见。但对连"英寸"和"码"这类度量单位都无法达成共识的人来说，相互理解是不可能的。对于黛博拉的祖父和前未婚夫来说，财富和显赫的头衔可以用码来衡量：一码、两码、一百码、一英里。对她来说，它们只值一英寸，甚至是半英寸。而音乐及其所蕴含的一切，都无法用世俗的尺度来衡量。因此，她感激曾祖母降低了她在世俗世界中的价值。"你看，"她顽皮地说，"有一周的时间，我都被认为是一大笔财产的继承人，但当这一事实幻灭时，我很容易就解除了婚约。"

"你什么时候解除了婚约？"斯莱恩夫人问，她在剪报上并没看到这个消息。

"前天。"

吉诺带着一个包裹走了进来，她很高兴有借口再看黛博拉一眼。斯莱恩夫人接过绿色的包裹，把它塞到织物下面。"我不知道你解除了婚约。"她说。

"真是一种解脱。"黛博拉耸了耸肩说道。她说，她终于从那个疯狂的世界跳脱出来，"是那个世界疯了，还是我疯了，曾祖母？"她问道，"还是说，只有我无法融入其中？我只是认为真正重要的事情不是大家所说的那些。不过，我为什么要在意别人的看法？也许我才是对的——至少对我自己而言是对的。我认识一两个人和我有相同的观点，他们似乎总是和祖父或嘉莉婶祖母处不好。还有一件事情……"她停顿了一下。

"说下去。"斯莱恩夫人说。她被这种跌跌撞撞、略显困惑的剖析深深打动了。

"好,"黛博拉说,"在祖父和嘉莉婶祖母,以及他们赞成的人之间,似乎有一种牢不可破的团结,仿佛被水泥浇筑成了一个整体。而我喜欢的人似乎总是分散而孤独的。不过,他们一旦相遇,就能认出彼此。他们似乎意识到了一些重要的事情,比祖父和嘉莉婶祖母认为重要的事情更重要。但我还不知道那究竟是什么。如果是宗教——如果我想成为一名修女,而不是音乐家——祖父或许能勉强理解我在说什么。但答案不是宗教,不过它又似乎具有某种宗教的特质。比如对我而言,一段音乐的和弦比祈祷更能让我满足。"

"继续。"斯莱恩夫人说。

"然后,"黛博拉说,"我发现自己喜欢的人身上有一种固执而集中的东西,它严酷,甚至几近残酷,有一种坚不可摧的真诚。他们似乎决心不惜一切代价,忠于他们认为重要的东西。当然了,"黛博拉想起祖父和嘉莉婶祖母对这类人的评价,思索了一下,以一种略带稚气的庄重口吻说,"我知道,他们可以说是一种社会废物。"

"他们自有其用处。"斯莱恩夫人说,"他们充当了酵母的功能。"

"哈,我一直都读不准这个词。"黛博拉说,"我认为,您的看法是对的,曾祖母。只不过酵母需要长时间等待才能发挥作用,而即使起作用,也只在志同道合的人中生效。"

"是的,"斯莱恩夫人说,"但实际上,有相似想法的人比你想象中的要多。只不过他们会费尽心思地隐藏这一想法,只有在危急时刻才会将其唤醒。比如,如果你快要死了,"——她实际想说的是,如果我快要死了——"我敢说,你会发现,你祖父比你(我)想的更懂你(我)。"

"那不过是多愁善感。"黛博拉坚定地说,"谁都会恐惧死亡,祖父和嘉莉婶祖母也不会例外。死亡会使他们想起那些他们选择忽视的事物。但我喜欢的那种人,他们不会病态地迷恋死亡。他们知道生活是什么,什么才是重要的。他们会持续保持这种清醒的意识,直至死亡降临。死亡,终究只是一个意外。当然,人生也是一场意外。我所说的东西,在二者之外,而且似乎与祖父和嘉莉婶祖母希望我过的生活不相容。是我错了吗,还是他们错了?"

斯莱恩夫人心想,这是可以惹恼赫伯特和嘉莉的最后一次机会了。就让他们称她为邪恶的老妇人吧!她知道自己并非那种人就行了。眼前的这个孩子是个艺术家,应该走出一条属于自己的路。已有足够多的人在推动这个世界运行,去追逐名利,享受所谓的回报,并承担相应的后果。而黛博拉属于少数群体,他们不关心那些镀金的诱饵,甚至对此感到厌恶,他们应该自由地从事自己热衷的事业。从长远来看,随着所有的混乱逐渐平息,今天成为历史,最重要的声音往往来自诗人和先知,而非那些征服者,基督本人也与他们为伍。

斯莱恩夫人无法衡量黛博拉的天赋,但那并不是重点。有所成就固然好,但更重要的是精神本身。如果以功成名就来衡量一切,那就仍是对世界现行价值系统的妥协。这与斯莱恩夫人和她的同类所认可的简朴、公正、严谨的标准有所不同。她却言不由衷地说:"哦,亲爱的,如果我没有放弃那笔财富,我本可以支持你去独立生活。"

黛博拉笑了。她说,自己想要的是建议,不是金钱。斯莱恩夫人清楚,她也并非想征求谁的意见。她早已下了决心，只是需要鼓励和支持。既然她想要的是认可，那她应该得到它。"你当然是对的，亲爱的。"斯莱恩夫人温柔地说。

她们又谈了一会儿。黛博拉感到自己仿佛沐浴在平静与同情的阳光中，这正是她所渴望的。但她渐渐注意到曾祖母的思绪开始游离，不时变得混乱，而她无法将曾祖母拉回现实。对斯莱恩夫人这个年纪的人来说，这是很正常的事情。有时，斯莱恩夫人仿佛是在自言自语，又突然停住，意识到了自己是在和黛博拉谈话，努力恢复清醒，笨拙地竭力去掩饰刚才的失神，努力振作起来与眼前的女孩讨论她的未来，而不是某一件遥远的往事。黛博拉现在正沉浸在安慰和幸福中，没怎么在意那些究竟是什么事情。与这位老妇人共度的这一小时，如同傍晚时分轻柔的和弦般抚慰着她，心上的阴影逐渐消失，飞蛾在敞开的窗外随意飞舞。她依偎在老妇人的膝盖旁，完全沉醉在那温暖的包容中，柔软而和谐的声音里，所有的喧嚣都退去了，只剩下大海般的平静。所有嘈杂都平息了，仿佛一片无风吹过的草地。她的祖父和嘉莉婶祖母失去了往日的威严，皱缩成小小的木偶，一副羊皮纸般的面孔，双手愚蠢地挥舞着。新的价值观念则像光芒四射的大天使般在房间里升起,巍然屹立,展开他们巨大的翅膀。此刻,在黛博拉脑海中,浮现出难以言喻的联想:她看见一位穿着白裙的少女,一匹白狼陪伴在左右,一同穿过南方港口的黑暗。她与曾祖母之间横亘着巨大的年龄鸿沟,心灵却如此贴近和协调。这次探望不仅是她们身体上的亲密接触,无疑更是灵魂之间的交融。她那短暂的生活经验,那些精心珍藏的人生体验,就此被奇迹般地揭开。她心想,自己是否还能再次捕捉到这一小时的魔力,并将它转化为音乐。她渴望以音乐的方式来呈现这种体验,那甚至超越了她对曾祖母这个人的兴趣。这无疑有些自私,但她相信曾祖母不会介意,更不会误解。某种强烈的冲动驱使她来到曾祖母身边,现在看来,这是正确的。脑海中响起的旋律就是最好的证明。和弦在某架遥远的钢琴上奏响,优美而动人。这和弦奏出的音乐,在祖父和嘉莉婶祖母的世界,毫无意义,甚至并不存在。但在曾祖母的世界里,它们有其价值,意义非凡。她不能让曾祖母太过劳累,黛博拉突然意识到那苍老的声音已经停止了低语,一个小时以来的魔力也随之消散。曾祖母睡着了。斯莱恩夫人的下巴微微前倾,抵在胸前的蕾丝上,可爱的双手松弛地放在椅子扶手上。黛博拉悄悄起身,轻轻关上门,缓步走到街上,想象中的和弦也暂时停息了。

一小时后,吉诺举着托盘走进来,正准备宣布"晚餐时间到了,夫人"。可是很快,她改口说道:"啊,上帝,这是怎么了——夫人死了!"

"这是意料之中的。"嘉莉一边说,一边擦了擦眼睛。父亲去世时,她也没有这样伤心,"这是意料之中的,巴克特劳特先生。但这还是让人感到震惊。正如您所知,我可怜的母亲是一个非常杰出的女性。虽然我不能确定您是否真正了解这一点,毕竟她只不过是您的房客。今天早上,《泰晤士报》的一位记者将她描述为一个罕见的灵魂。正如我自己经常说的那样:她拥有罕见的精神。"嘉莉显然忘记了自己还曾说过其他的话,"她有点儿让人感到难以驾驭。"她补充道,大概是突然想起菲茨乔治的遗产,她感到一阵刺痛,"在某种程度上,她有些不切实际。但务实不仅仅是世界上唯一重要的事情,您说对吗,巴克特劳特先生?"《泰晤士报》也是这么说的,"我可怜的母亲有着美丽的天性。我并不是说自己也应该像她那样行事。有时,她的动机有些令人难以捉摸。您知道，她的想法很不切实际，或者——我们可以这样说吗——不太明智。此外，她也确实非常固执。她常常不愿意接受别人的建议。考虑到她是多么不切实际，这实在是很不幸。如果她愿意稍稍听从我们的建议，想必我们现在的处境也会大不一样。可惜的是，覆水难收，后悔也无济于事，不是吗？"嘉莉说完，看向巴克特劳特先生，挤出一个勉强的笑容。

巴克特劳特先生没回答，他讨厌嘉莉。他在想，如此冷酷、伪善的一个人，怎么会是老朋友的女儿。斯莱恩夫人是那么细腻而真诚的一个人。尽管他为她的去世感到难过，但他不向嘉莉表露自己的悲伤。

他说："楼下有个人可以定制棺材板，你可以找他。"

嘉莉愣住了。看来，他们对这个巴克特劳特先生的判断没错：他果然是一个冷酷无情的老头，毫无体面可言，缺乏应有的礼貌，甚至对可怜的母亲没一句好话。嘉莉自己如此慷慨而反复地夸赞了母亲罕见的精神，的确，嘉莉认为自己的发言是对母亲的慷慨致敬，只要想一想母亲的这场恶作剧，她的致辞已经算是相当慷慨了。她在说这些话时，感到自己十分正义。根据她的标准，这个巴克特劳特先生也应该说点儿得体的话以示回应。

毫无疑问，他当时一定以为能捞到点儿好处，分得菲茨乔治遗产的一杯羹，最终却失败了。他现在一定很懊恼。一想到这个老骗子失算了，嘉莉的心情就好多了。欺骗一位毫无戒心的老妇人，这种事情也只有这个巴克特劳特干得出来。而如今，他满怀怨恨，带来一个定做棺材的人想要报复。

"我的兄长，斯莱恩勋爵，很快会来这里，他将安排好所有必要的事宜。"她傲慢地回答。

不过，戈瑟伦先生已经到门口了。他走了进来，按了按那顶圆礼帽，以示敬意。但人们并不确定，他是在向躺在床上的斯莱恩夫人致敬，还是对站在床尾的嘉莉致礼。作为一名丧葬承办人，戈瑟伦先生对死亡习以为常。但斯莱恩夫人不同，他对她比对普通客户更加亲切。为了表示他个人的一点儿敬意，他准备献出自己最珍贵的木材，用来制作棺材盖。

"夫人的遗体非常安详、非常美丽。"他对巴克特劳特先生说。

他们对一旁的嘉莉视而不见。

"生而美丽，死而美丽。"戈瑟伦先生说，"我常常这么说，有时死亡带来的美丽让人惊叹，这是我的老祖父告诉我的,他也是从事这一行的。五十年来,我一直在体味他的话是否属实。他常说:'生时的美丽可能来自得体的穿着、精致的修饰,但死后的美丽则完全取决于品格。'巴克特劳特先生,现在看看夫人,你觉得这话是不是真的?"他悄悄补充道,"如果我想估量一个人,我会想象他死后的样子。这招儿很管用,尤其当他们不知道你心中所想时。我第一次看到夫人就心想,她是个不错的人。现在我看到了她死后的模样,我想自己的判断没有错,她从未真正属于这个世界。"

"没错,她从未真正属于这个世界。"巴克特劳特先生说。戈瑟伦先生出现之后,他便愿意谈谈斯莱恩夫人了,"她也从未真正接纳这个世界。她拥有这个世界可以给予她的最好的东西,但这些东西并非她想要的。她想要的不过是田野里的百合花,戈瑟伦先生。"

"是的,巴克特劳特先生。我曾用很多《圣经》里的话形容夫人。这真是奇怪,人们会接受《圣经》上的话,却不愿接受日常生活中这样做的人。有些情况如果出现在自己家里,他们会觉得无法理解。但当这些话从诵经台上传出来,他们又会装出一副虔诚的面孔。"

哦,天哪,嘉莉想。这两个老头不会一直这么唠叨下去吧？他们简直快把母亲吵醒了,他们简直像一支希腊合唱队。她是怀着坚定的心情赶来汉普斯特德的:她想慷慨大度、保持宽容——也许确实有某些真情实感推动着她——但现在,她要崩溃了,坏脾气和委屈正在沸腾。这个经纪人和这个丧葬承办人,他们如此言之凿凿、如此心安理得,他们究竟窥探了母亲多少?

"或许,"她厉声说,"我母亲的葬礼致辞,最好留给她的家人来宣读。"

巴克特劳特先生和戈瑟伦先生严肃地转身看她。突然间,她觉得他们异常超脱,虽然滑稽,却仿佛代表着正义。他们的眼神冷漠又庄严,仿佛来自死神的刀锋,一层层地剥掉她体面而虚伪的伪装。她觉得他们在评判她,戈瑟伦先生正用自己那套估量方法,把她想象成一具尸体,眯起眼睛努力发挥想象力,将她摆放在灵床上,估量着已经失去所有防御能力的她。她那番关于罕见的精神的言论已被那冷火似的目光化为灰烬。显然,巴克特劳特先生和戈瑟伦先生,他们早已与她的母亲结成了同盟,他们是同道中人,这一事实无法掩盖。

"在死亡面前,"她对戈瑟伦先生说,那已是她能求助的最后一点儿传统规范,"您至少可以摘下帽子。"

她想要的不过是田野里的百合花。